La filature

DU MÊME AUTEUR

Bronson, Stock, 2016

Arnaud Sagnard

La filature

roman

Stock

Couverture Le Petit Atelier
Illustration de bande © Raphaëlle Faguer

ISBN 978-2-234-08340-0

À Delphine, la reine de Fairfax

À Charlie, à Paul

Entrer chez quelqu'un est la partie la plus dure de mon boulot.

James M. Cain, *Assurance sur la mort*

Ce jour-là, je l'ai discrètement photographié puis j'ai mis l'image en fond d'écran de mon smartphone. Pas mes enfants, lui. Si on m'en demande la raison, je dirai que c'est un hommage au stade et à mon équipe préférée.

Le 26 octobre 2017, nous sommes 15 054 spectateurs dans la salle du Staples Center où les Los Angeles Lakers reçoivent les Utah Jazz. Je suis assis dans la zone numérotée 116, lui à ma gauche de l'autre côté de la travée. Comme nous tous, il regarde le match de basket mais il le fait avec une attention extrême, sans jamais quitter des yeux le rectangle éclairé par les projecteurs. Vêtu d'un T-shirt rouge, le vieil homme tient un blouson tout chiffonné entre ses mains. À l'évidence, il ne fait pas partie des gens fortunés capables de s'offrir une place aux premiers rangs ni des touristes venus passer le temps. Les Lakers sont en train de perdre un match de pré-saison, leur meilleur joueur a pris sa retraite l'année dernière et l'équipe risque de mettre des années à s'en remettre. Lui appartient aux fidèles de l'équipe mais, étrangement, il ne manifeste aucune émotion. Quand la foule va se lever à la fin, je vais le perdre de vue, nous serons des milliers à rejoindre notre voiture et à nous enfoncer dans les embouteillages. J'en profite un maximum, je note tout dans un carnet.

À vrai dire, je suis payé pour l'observer. Je m'appelle Jonathan Harris, je travaille pour une compagnie d'assurances, la Pacific All Risk Insurance, spécialisée dans la certification de risques pour les entreprises. En tant que senior partner, *je rédige des rapports, des dizaines par an, en fonction desquels la Pacific décide ou non d'assurer les entreprises en question, voire d'y investir. Jusqu'à aujourd'hui, je passais mes journées au bureau à examiner des bilans comptables afin d'évaluer les périls pouvant menacer la viabilité d'un* business model. *Mon point fort, quand j'examine des actifs, c'est que je vois à l'avance les édifices qui vont s'effondrer, je repère les fissures invisibles à l'œil nu. Si le crash est imminent, notre boîte ne les assure pas, mais si l'agonie est lente, elle se greffe dessus pour leur sucer le sang le plus longtemps possible. Voilà pourquoi j'ai été choisi pour réaliser ce* stress test, *c'est ainsi qu'on nomme la procédure d'évaluation de la capacité d'une structure à supporter un choc. Certaines résistent, d'autres non.*

Cette fois-ci, ma mission consiste à suivre non plus une entreprise mais un individu et à observer son comportement pendant une semaine car de lui, qui ignore tout cela, dépendent des dizaines de millions de dollars. Une semaine pour l'étudier sous toutes les coutures, le jour, la nuit, peu importe. La mallette à mes pieds contient les documents, assez légers, qu'ils m'ont donnés sur lui. Selon toute vraisemblance, cet homme grand et maigre, âgé de soixante-deux ans, est un être de basse intensité. Il ne porte pas d'alliance ni ne possède de téléphone portable, sans doute ne veut-il pas être joint ni lié à qui que ce soit. Chez nous, les assureurs, c'est un signal d'alerte, cela signifie que la personne est proche, si elle n'y est pas déjà plongée, de la marginalité. À vue de nez, il avance à contre-courant de l'époque, je ne serais pas étonné d'apprendre qu'il est venu à pied au stade. C'est un vrai Angelino, un vieux de la vieille qui ne débarque pas de la Vallée ni des banlieues lointaines. Au Staples Center, son silence et son immobilité nous nient, nous spectateurs réunis en cette enceinte, millions de téléspectateurs devant des jeux débiles organisés pendant les temps morts, gens qui dansent ou s'embrassent pour la caméra du stade, ceux qui hurlent quand ils se voient sur l'écran géant… À mon avis, si l'appareil se fixait sur lui, on verrait de la neige et le public croirait à un problème technique.

Pourquoi cet individu ? Parce que de lui seul dépend le potentiel plus gros contrat de l'histoire de la Pacific All Risk Insurance. Jusqu'à présent, tous les chauffeurs de bus de la ville sont assurés par la Zenith Insurance, notre principal concurrent, dont le contrat pluriannuel touche à sa fin. À partir de son seul cas, je dois déterminer si nous avons intérêt à les assurer au moment même où leur employeur, la Los Angeles County Metropolitan Transportation Authority, entame une refonte complète de son organisation. En un mot, s'il la supporte, les autres employés suivront et nous aussi.

*En fait, il y a peu de chances que vous ayez entendu parler de la Pacific sauf si vous êtes assureur ou cinéphile. Walter Neff, le héros d'*Assurance sur la mort, *y travaille dans le film de Billy Wilder sorti en 1944. Grand et naïf, lui aussi passe son temps à courir après l'Histoire.*

C'est la ville de Los Angeles qui veut ça, elle bavarde, elle mime, elle ment et submerge ses figurants.

*Ainsi, mon destin professionnel dépend aussi de cet inconnu. Je m'en méfie d'autant plus que les assurés sont un groupe instable. Surtout dans cette ville. Les cinéphiles disent qu'on ne peut pas comprendre Los Angeles et ses habitants sans regarder de films noirs, ils ont raison. Dans les années quarante, Walter Neff, mon collègue d'*Assurance sur la mort, *travaillait sur un cas épineux. Alors qu'il devait faire signer une police d'assurance automobile à un directeur de compagnie pétrolière, il rencontrait son épouse dont il tombait raide dingue et finissait par tuer à mains nues le mari de la femme fatale. Sauf que son supérieur hiérarchique, le chef du service Indemnisation interprété par Edward G. Robinson, flairait l'embrouille et mettait à jour leur machination. Blessé par balle, Walter Neff avouait le meurtre avant de crever comme un chien dans les locaux qui sont encore les nôtres aujourd'hui.*

D'après le vieux au cigare qui l'avait démasqué, au bout de chaque enquête, il y a un crime. Dans ce cas précis, on en est loin, le sujet du stress test *n'est pas coupable de quoi que ce soit, il est même au moment où je le regarde d'un calme olympien au milieu du tumulte. En somme, j'ignore tout de lui, sauf une chose :* ce *monsieur Stein recèle un mystère très ancien.*

Notes personnelles de Jonathan Harris, agent d'assurances.

Jour 1

Chez les hiboux

Ce jeudi-là, 27 octobre à l'aube, dans la tour beige jouxtant l'imposante gare ferroviaire, le responsable des ressources humaines de la Los Angeles County Metropolitan Transportation Authority était en retard. Avec une convocation qui ne laissait rien augurer de bon, pliée en quatre dans sa poche, Daniel Stein, matricule BN99FHT21, l'attendait dans son bureau bordant les box du quinzième étage. Il était arrivé en avance, peu après 5 heures du matin, il y tenait. Il avait vu les lieux se réveiller bruyamment avec la mise en route des néons puis l'arrivée d'hommes et femmes de ménage commençant leur pénible tâche. Une dame passa à proximité avec son chariot rempli de produits tandis que, derrière elle, son enfant jouait avec une petite voiture sur la moquette comme neuve après son passage.

Sur le bureau, près de l'ordinateur où résidait une partie de la destinée du visiteur, reposait un petit tas de cartes blanches destinées à l'envoi de notes manuscrites. Avant d'écrire une missive, le rédacteur devait rayer d'un trait de plume son patronyme figurant en tête du document, l'élégance de ce geste le stupéfiait. Stein sourit. Le message que l'entreprise adressait à tous ceux qui y mettaient les pieds lui paraissait on ne peut plus clair : on cachait les sous-traitants et on obligeait les employés à effacer leur identité.

– Bonjour, je suis Monsieur Williams, votre responsable des ressources humaines... Vous devez être Daniel Stein... Nous n'avons malheureusement jamais eu l'occasion de nous rencontrer. Vous avez noté que cet horaire de rendez-vous, très matinal pour moi, vous permettra de prendre votre service à l'heure. Je suis heureux que vous soyez venu, l'entreprise a tout à apprendre d'employés comme vous.

Habillé d'un costume sombre contrastant avec un sourire éclatant, son interlocuteur s'assit et vérifia les informations écrites sur son écran. Le dénommé Williams lui annonça ce qui avait été indiqué la veille aux représentants des salariés : un grand nombre d'employés devaient changer d'affectation afin d'éviter que les travailleurs ne deviennent « propriétaires de leur fonction ». Il s'agissait d'être à l'avant-garde d'une révolution inévitable, celle de la « fluidité des postes et des horaires ». Dans ce bureau agrémenté d'une caricature de joueur de base-ball, l'homme d'une quarantaine d'années laissa un court suspens à la fin de sa phrase pour déterminer si son interlocuteur allait s'y engouffrer. Le DRH avait appris sa démonstration par cœur. Les chiffres défilèrent : le nombre de salariés, de véhicules, de stations desservies, l'amplitude horaire des trajets, le nombre de jours de congé maladie pris par an, l'âge moyen des chauffeurs et celui des derniers arrivés. Et enfin, la conclusion présentée comme une opportunité extraordinaire : Daniel Stein, qui depuis une décennie conduisait sur la ligne 2, la plus enviée, devait rejoindre « les hiboux ».

Depuis que des transports en commun circulaient sous la lumière de la lune, les chauffeurs qui, chaque nuit, se coltinaient dans leur bus les clients rentrant chez eux bourrés, les agressions, les bagarres, avaient été affublés de ce sobriquet. Passer en équipe de nuit, c'était rallier la lie du métier, les nouveaux, les branques à mauvaise réputation, les pauvres, les manchots. Pire, Daniel, comme le DRH l'appelait désormais, avait été choisi pour montrer l'exemple en raison de sa « grande expérience » et de son « exemplarité ». Sa nouvelle affectation entrait en vigueur dès la semaine prochaine : il resterait sur la 2 « puisque vous la connaissez par cœur » mais avec un parcours raccourci de moitié depuis le croisement entre La Cienega et Jefferson. Première rotation lundi à 21 h 11 et dernière à 3 h 07.

Son cerveau ne saisit pas immédiatement la sentence. L'air manquait, une averse de flocons invisibles emplissait ses poumons. Stein n'avait rien anticipé, quelqu'un venait d'éteindre la lumière des néons, il ne savait que répondre. Ce fut à ce moment-là que le liquide envahit son entrejambe. Une mer chaude se mit à couler le long de sa jambe gauche, provoquant une sensation effroyablement douce et agréable. Pour la première fois depuis l'enfance, Stein pissait sur et sous lui. Pendant que Williams tapait sur son clavier, le sexagénaire se demanda comment refuser l'affectation. Aucun caillou à ramasser et à lui jeter au visage, il n'y avait rien dans cet immeuble, que du sable. Il chercha un peu plus profond sa colère et, à sa grande surprise, il ne la trouva pas. Cela lui fit honte, plus que l'urine qui commençait à goutter sous le siège.

Ayant achevé son annonce, Williams le félicita et l'invita à quitter la pièce. Une fois la porte fermée, le hibou nouveau resta interdit dans le couloir. Malgré son ancienneté supposée faire de lui un intouchable, on l'avait visé le premier. Et s'il ne résistait pas, l'entreprise enverrait son rayon de la mort sur tous ses camarades diurnes. Cette horreur s'accompagnait d'une autre révélation : Daniel Stein avait perdu l'usage des phrases nécessaires à la survie en société. D'un côté, les mots dans sa tête, et de l'autre, ceux sortant de sa bouche. Les premiers, au fil des années, des tournées en bus, du soleil qui ne cessait de se lever et de tomber dans l'océan, avaient pris le pas sur les seconds. Or, dans cette société, le silence valait abdication. Au milieu du couloir, le vieil homme dégingandé s'éloigna en écartant le plus possible les jambes. Son pied gauche baignait dans l'eau jaune de sa peur, la moquette du bureau devait déjà sentir.

Sur le chemin menant au parking des bus, le chauffeur reprit son souffle, le ciel avait changé, c'était l'automne, sa saison préférée, violette après le rouge de l'été. Pour la première fois depuis des lustres, Daniel Stein faisait son âge.

Le sang battait encore doucement à ses tempes. Bien sûr, il n'avait jamais été adroit dans son rôle de singe social mais, cette fois-là, il s'était surpassé. « Êtes-vous heureux, monsieur Stein ? Vous devez être heureux parmi nous », lui avait lancé l'odieux imbécile. L'espace d'un instant, le vétéran chercha à se « projeter dans l'avenir » comme on venait de le lui suggérer. Bien sûr, il pourrait bénéficier de jours de récupération mais pour quoi faire ? Surtout, il ne pouvait faire valoir ses droits à la retraite, il n'avait pas assez d'ancienneté. Entrer chez les hiboux signifiait dormir le jour et finir à l'état de nature morte. Au lycée, on lui avait montré des tableaux de maître, plein de bouquets de fleurs sans vie posés sur une table, de fruits en cours de pourrissement.

*

C'était une chose extraordinaire d'avoir, depuis sa naissance, déçu la majorité des gens dont on avait croisé la route. Daniel Stein n'en tirait aucune fierté, pas plus qu'une source de regret. Six décennies passées dans cette ville lui avaient appris que le détachement procurait la meilleure des protections pour qui tirait plaisir de mener une existence exempte de collisions. Seulement, son apathie avait laissé place à l'inquiétude. Jusqu'à ce matin-là, il croyait avancer dans la vie en claudiquant assez discrètement pour qu'on ne le remarquât pas. Erreur, on venait de le repérer et de le punir de la pire des façons.

À midi, après trois tournées réalisées dans le brouillard le plus complet, il était rentré chez lui. Il ne déjeuna pas, pas plus qu'il n'écouta la radio ni ne regarda la télévision. Daniel Stein avait depuis longtemps atteint l'âge où l'univers d'un individu rétrécit irrémédiablement. Peu ou pas d'amis, un divorce qui avait envoyé son ex-épouse à l'autre bout de la ville, tout juste une équipe de basket préférée, une voiture chérie et quelques autres machines indispensables. L'amour et la douceur étaient tombés par pans entiers, il ne contenait presque plus qu'un petit amas d'indifférence. Physiquement en revanche, Stein se défendait, il restait mince, ses nerfs épais, tendus, charriant toutes sortes d'orages et de chagrins, brûlaient tout. « L'être humain contient cent mille kilomètres de vaisseaux sanguins et autant de nerfs. » À l'école, il avait aimé les données précises et les chiffres, au grand dam de son paternel qui l'avait longtemps cru épris, comme lui, de littérature. Sa mère s'en moquait, elle l'avait aimé tout court. Ce garçon taciturne, que l'appartenance à aucun cercle ne semblait satisfaire alors, lui avait suffi en tout point.

Dans le miroir de la chambre, une scoliose formait une légère protubérance au bas de son dos. Cette courbure héritée de l'enfance était renforcée par la position assise que le bus lui imposait depuis dix ans. Ses années d'errance à la recherche d'un métier digne de sa vision du monde et du peu d'énergie qu'il voulait y consacrer avaient abouti à cela, il était payé pour tourner en rond. À New York, les gens couraient, nerveux, épuisés sous un ciel de métal. Il s'y était rendu dans sa jeunesse, il n'en avait retenu qu'une chose : là-bas, le métro aérien faisait le même bruit que les trombes de pluie. Sous les ponts d'acier, il avait fermé les yeux et ne savait plus qui était quoi. À Los Angeles, on avançait en serpentant, dans sa voiture, sur un skateboard, un surf ou dans un bus, il suffisait de se laisser porter par la lumière. À cause du volant, ses mains étaient devenues calleuses, c'était l'unique prix à payer. Avant, elles n'avaient rien vu, elles ne servaient qu'à lisser son épaisse moustache.

De l'autre côté de la fenêtre de la salle de bains, des oiseaux marmonnaient des choses aussi seyantes qu'indéchiffrables, les toits des maisons et des immeubles courts sur pattes brillaient sous le soleil. La silhouette tordue entra dans la douche et ferma les yeux, la masse liquide allait le laver de l'annonce, des soubresauts de la route, de la transpiration accumulée sous ses bras ligneux, des devantures criardes et des publicités devant lesquelles il était passé pour la millième fois. Stein resta immobile de longues minutes, hormis les propos de Williams il ne se souvenait de rien. Ce n'est que lorsque la douceur de l'or et la chaleur du miel disparurent, lorsqu'elles renoncèrent à le brûler délicieusement jusqu'à ce que l'eau devienne froide comme la pierre, que le vieil homme commença à se frotter vigoureusement, il en était ainsi de la tuyauterie des vieilles baraques comme la sienne.

Il y avait quelque chose d'arctique dans la ville de Los Angeles, cela provenait de sa lente érosion, de cette façon de s'écouler au-delà de sa périphérie, de toujours étendre sa surface. Et de la vaste faille qui, tôt ou tard, allait en séparer les blocs à la manière de la banquise se détachant par sous-continents entiers. Du silence aussi car ici le bruit du monde s'éteignait un peu. À moins que ce ne fût le blanc sali qui s'infiltrait partout, ses infinies variations de beige surexposant les murs et le sol. Il n'y avait pas de fleuve, que des autoroutes, pas de rivières, mais des routes et cela allait très bien ainsi. Stein aurait aimé vivre en hauteur pour contempler le port de Long Beach et les porte-conteneur amarrés là-bas, les ombres des grues en forme d'arcs soulevant leurs cargaisons, branches tordues comme des becs d'oiseaux et les immenses lettres majuscules ornant la coque des navires. Lui qui naviguait sur la terre ferme chérissait ces boîtes métalliques, posées en grappes, formant des villes de rectangles innombrables, aux parois légèrement creusées de lignes droites, blocs de Lego rouillés, ayant essuyé l'océan, les pluies, les orages, la chaleur et le froid.

Pour se détendre, il posa un trente-trois tours sur le tourne-disque. Comme la douche, cet onguent le soulageait. Très vite, le mystère emplit la pièce une fois de plus. Seuls les chants du Midwest et du Sud produisaient cet effet, cela devait être lié au sol où ils prenaient vie, aux poignées entières de terre passant dans les interstices, aux minéraux, sables et herbes, sans parler des litres d'alcool avec lesquels les interprètes les avaient arrosés. Daniel Stein était un terrien, un arboricole. Pour lui, la musique avait encore du goût, la viande aussi, tout comme certaines plantes qui poussaient au milieu du macadam. Parfois, il partageait ses impressions avec d'autres amateurs de musique, cette partie-là de lui il ne la gardait pas. Dans son bus, il enviait les jeunes aux écouteurs vissés aux oreilles, il aurait aimé faire de même à l'extérieur et se contenter de suivre les chansons. Peut-être le laisseraient-elles prisonnier de la musique sur un banc, terrassé par tant de beauté, immobile jusqu'à ce que les piles de l'appareil se vident.

Ce n'est pas avec la musique country qu'il va décider quoi que ce soit quant à son avenir professionnel, il est perdu entre deux mondes, cet homme. Lui, c'est Daniel Stein, le chauffeur de bus de la ligne 2, sujet de mon stress test. *Je suis l'agent d'assurances, le passager clandestin qui l'observe sous toutes les coutures. J'ai quarante-deux ans, je suis marié, père de deux filles, je bosse à la Pacific et la mission la plus difficile de ma carrière vient de débuter. Observer, enregistrer et transcrire, évaluer les risques, puis formuler ma recommandation et laisser les autres décider. Moi, je ne prends pas de risques, je laisse les autres faire.*

Les gens, tous les gens, sèment en permanence des indices autour d'eux, il suffit de se baisser pour les ramasser. Selon le côté vers lequel penche leur âme, un assureur peut y trouver des trésors.

À vingt ans, je notais ces choses dans ma tête et maintenant je les consigne dans un document au format Excel. Apparemment, cet individu a traversé la vie sans faire de vagues, avec sa morphologie sèche, il passerait presque inaperçu si ce n'était ce visage. L'intensité du bleu de ses iris, semblable à celle d'un liquide chargé de substances chimiques, n'indique rien de bon. Comme ses poches ombragées creusées dessous, parmi les plus belles de la ville. Plus haut, les tranchées des rides sont concentrées sur son front et autour de ses yeux. Le reste de son épiderme, tendu comme le cuir d'une bête sur un morceau de bois, paraît presque neuf. Impossible de lui donner un âge précis, il est flou et fiévreux à la fois. Enfin, et sans doute aurais-je dû commencer par là, une grosse moustache blanche barre son visage, il doit en prendre soin soir et matin.

C'est vertigineux d'observer un inconnu. Pendant l'enquête, nous allons marcher ainsi ensemble, moi dans ses pas, formant un étrange insecte à quatre yeux et quatre pattes, bête claudiquant dans cette ville qui en a tant vu qu'elle nous ignorera. Los Angeles regarde ailleurs, elle n'a que faire des gens moyens, elle ne veille que sur ses déités, producteurs et scénaristes enfermés dans des villas inaccessibles, payés des fortunes pour inventer des héros qui un jour prendront vie à l'écran. Ici, il n'y a qu'une chose à savoir : la réalité et la fiction se confondent, je le jure sur la tête de nos deux filles, à Molly et moi. Trop de tournages, trop de longs-métrages, trop d'acteurs et de metteurs en scène en liberté depuis trop longtemps. Los Angeles est une terre d'escroqueries de toutes sortes, idéale pour installer une compagnie d'assurances.

Raymond Chandler, l'auteur du Grand Sommeil, *s'était collé au scénario d'*Assurance sur la mort, *mon film préféré. À l'époque, il avait demandé mille dollars à la Paramount et une semaine de travail pour adapter le roman de James M. Cain. La production lui avait jeté le premier jet au visage, Chandler n'y connaissait rien, il avait même indiqué les mouvements de caméra dans son texte. Après quatre mois de travail avec le réalisateur Billy Wilder, il a fini par arriver au bout de son deuxième essai. Entretemps, ils avaient manqué de s'entretuer. Quiconque regarde un jour le film doit savoir qu'à la seizième minute, Walter Neff sort du bureau de son patron et passe devant un figurant assis sur un banc dans un couloir de la Pacific. Ce sont les seules images jamais filmées de Raymond*

Chandler. En ralentissant l'image, on voit qu'il tient un livre en main, personne n'en connaît le titre.

Avec le cas Daniel Stein, on est loin de ces subtilités. Moi, cadre spécialiste du risque financier, je me retrouve à espionner un chauffeur de bus depuis la terrasse de sa maison. Petite, rouge, au toit de stuc et de bois, sans prétention. Un prolo qui, sans le savoir, vaut des millions. S'ils l'ont choisi comme cobaye pour l'annonce du passage en équipe de nuit des chauffeurs les plus expérimentés, c'est parce qu'il est particulièrement bien noté. C'est une technique fréquente, prendre le meilleur et lui couper la tête devant tout le monde. Résultat, l'employé modèle accepte la réforme, les autres ne bronchent pas et nous, à la Pacific, on a tout intérêt à signer l'énorme contrat.

Pour l'instant, il plane assis sur son canapé. Ces gens d'une texture particulière, on les a trop ignorés pour qu'ils remarquent qu'on s'approche d'eux. S'il ne veut pas finir à la rue ou serveur dans un boui-boui, il devrait accepter le transfert sans sourciller. Cette ville sait à merveille écraser les tatillons. Les hommes et les femmes ont tous une valeur, je le sais d'autant mieux que les compagnies d'assurances définissent l'échelle et les termes. Les premiers jours à la Pacific, on apprend la notion de validité et ses multiples significations. Chacun connaît les invalides de guerre et les grands invalides de guerre mais il y en a d'autres, bien plus nombreux. Le buveur, le fumeur, le malade, l'individu qui roule vite, le nerveux, le multiconnecté, le slasher, bref, n'importe quelle personne fabriquant du risque pour lui ou pour les autres incarne dans notre jargon un invalide de paix. Cette semaine, mon boulot consiste à déterminer si le moustachu en fait partie, et si oui, jusqu'à quel point, et enfin si son éventuelle invalidité va s'aggraver avec le transfert.

Daniel Stein aimait cette maison sans âme, aux murs presque nus, aux meubles sans personnalité. Une seule chose lui déplaisait : le souffle continu de la VMC s'échappant d'une trappe dans le plafond de la cuisine comme si Dieu caché dans les murs lui murmurait des paroles incompréhensibles. Sous le plancher du salon, sous la chape composite sur laquelle reposait l'édifice, quelque chose vibrait également. Sous les constructions, les épaisseurs, les surfaces et les matières ajoutées à grand renfort de travaux, sous tous les étages possibles, alliages, aciers, bétons, murs et ciments de toutes sortes, sous le plus bas étage des parkings souterrains, il sentait cette terre amère et rouge, rouge comme le centre de la planète et rouge comme la peau des millions d'Indiens enfouis ici, si nombreux qu'ils formaient une couche géologique nouvelle dont il faudrait bien un jour baptiser de leur nom l'ère ayant vu leur fin, eux poussière rouge infiltrée partout, eux qui avaient eu la faculté de voir les morts s'envoler dans le ciel pour rejoindre les esprits, eux devenus poussière, pigment aux fragments minuscules comme les échantillons de peinture que son oncle montrait aux clients dans son magasin de bricolage. Et ce rouge de la glèbe, Stein en était certain, bougeait sous lui. Cela battait régulièrement de manière infinitésimale, poum, silence, poum, silence, poum, silence, comme un cœur lointain.

*

À 15 heures, le chauffeur de la ligne 2 entra de nouveau dans le dépôt. Il comptait ses pas. Chaque jour, il arrivait à l'heure, il ne criait sur personne, il ne buvait pas, son regard était dépourvu de la haine que conférait à certains la place dans le monde qui leur était réservée, et pourtant, la divinité des transports l'avait puni.

N'ayant pas la force de débattre de son sort, il évita ses collègues. Depuis l'annonce, Stein appartenait à la poussière des choses, à la poussière de la ville que le vent fait tourner au coin des rues.

Dans le vestiaire, il enfila son uniforme, la chemise bleu clair avec l'écusson sur l'épaule, le pantalon et le gilet sans manches bleu foncé. Parfois, les jours où le monde lui semblait exempt de toute forme de menace, il apportait un paquet de donuts. Dans la salle de repos, quelques retardataires regardaient l'écran de télévision avant de rentrer chez eux, les intérimaires jouaient aux cartes. Sur le mur du fond, on distinguait des affiches syndicales, quelques articles de presse découpés et des autocollants à l'effigie des équipes locales, des visages sur des avis de recherche, des adolescents disparus depuis des années. Conduire un poids lourd offrait certains avantages : travailler seul et ne pas avoir à supporter les habitudes de quiconque, les discussions sur sa moitié ou sa progéniture. Le match de la veille, Daniel Stein pouvait en parler, il en regardait beaucoup. Comme les autres, il maudissait les chauffeurs de taxi, notoirement incompétents, ceux des limousines, larbins gênant la circulation avec leurs paquebots, et les VTC, race la plus abjecte. Avec les années, il avait fait le tri parmi ses collègues, il n'en restait que deux.

Gomez, qui effectuait le même parcours que lui de Santa Monica au centre-ville, avait trouvé sa place dans le monde en lisant le magazine *Martial Arts Legends.* Lui s'était attaché à la destinée de John Little, le rédacteur en chef de la publication, seule personne autorisée par Linda Lee, la veuve de la star, à consulter les archives du défunt. Des cinquante kilogrammes de notes, croquis, documents et photos, Little avait tiré un livre : *Le Tao du Gung Fu*, sous-titré *Une étude dans la voie chinoise des arts martiaux.* Depuis, le quinquagénaire latino vivait selon ses préceptes. Stein n'en avait retenu qu'un : « La caractéristique spéciale de l'emploi du Gung Fu en situation de self-défense est que chaque mouvement doit couler librement sans dislocation. La défense est l'attaque, l'attaque est la défense, chacune est la cause et le résultat de l'autre. » Personne ne savait d'ailleurs si, en cas de bagarre, Gomez saurait en appliquer les leçons.

Notre homme adressait aussi régulièrement la parole à Johnson, un ancien flic du Los Angeles Police Department. Il n'avait pas la gueule de l'emploi, c'était un gentil, presque doux, chacun se demandait comment il avait survécu là-bas. Seules ses mains trahissaient son passé, épaisses et lourdes avec des doigts larges et des jointures usées, foncées comme si des générations de peaux nouvelles s'étaient succédé au bout de ses poings sans qu'on sache ce qu'il avait frappé toutes ces années. Les autres chauffeurs lui en voulaient d'avoir abandonné une bonne paye et un statut enviable pour ce métier sans envergure, pas Stein. Johnson avait décroché des pendus au plafond, menotté des automobilistes ivres, séparé des bagarreurs, tiré sur des inconnus, ce grand gaillard aux cheveux roux avait payé sa dette à la société, il avait le droit de descendre de l'échelle sociale de son plein gré. Chacun s'arrangeait avec ce qui lui restait de vie, ils en étaient tous là.

Grâce à mes premières recherches, j'ai découvert d'où vient mon sujet. Daniel Stein est un enfant unique, fils d'Anthony Stein, professeur de lettres émérite, et de Carol Parsons, femme au foyer. Il a grandi plus au nord de l'État dans l'ombre d'une mère incapable de masquer l'absence du père. On trouve tout ça dans les documents officiels, il suffit de lire entre les lignes. Ce Californien pur jus n'a presque jamais quitté la côte ouest, il ne possède même pas de passeport.

Les registres laissent apparaître un citoyen exemplaire : aucun procès, accident, amende ni taxe à payer en retard. À son niveau social, ce genre de parcours sans faute est extrêmement rare, surtout dans une profession où les salariés cachent mal leur nature alcoolique, toxicomane ou violente.

Dans nos locaux, nous disposons de statistiques sur les métiers à risques et chauffeur de bus en fait partie. Le bas peuple se met constamment en danger, c'est sa condition. Certains chats voient leurs cicatrices se rouvrir toutes seules, il ne sert à rien de les recoudre, c'est une des premières lois qu'on apprend, les individus frappés de maladie auto-immune finissent toujours par recommencer, la nature même du mal les y pousse.

Moi aussi, je reste dans les clous, je tiens à mon poste et à mon statut. « Prudence est mère de sûreté », jamais dicton n'a visé plus juste. La nuit, je rêve parfois que je perds mon emploi et que, couvert de dettes, notre foyer se retrouve à la rue. Sans rien, avec les clodos et les camés, cela va aussi vite que ça. C'est pourquoi j'accepte toutes les missions et que nous avons souscrit deux assurances-vie. Pour le reste, je suis plutôt froussard, à la maison et dans nos deux voitures, nous avons multiplié les alarmes, Los Angeles est une ville aussi douce que violente.

Stein, c'est autre chose. D'après les premiers témoignages que j'ai recueillis, il a appris au fil des années à profiter du système en naviguant entre les obstacles. Il a apparemment longtemps été un oisif, un vrai. Quasiment trois décennies à survivre avec d'éphémères petits boulots, des missions de quelques mois ou en vivant aux crochets de son ex-épouse puis en pompant l'argent de son père, jusqu'à monter dans ce bus avec lequel il mène une carrière exemplaire.

Bien sûr, une adaptation aussi tardive au monde du travail a laissé des traces. Un jour à la cantine, le croyant suffisamment éloigné ou trop pris par les choses occupant habituellement son esprit, les chauffeurs attablés ont parlé de lui en employant le terme « dépressif ». Le mot est sorti de la bouche d'un conducteur sévissant à Inglewood, Stein l'a entendu et a réagi violemment. Il l'a raconté plus tard lors d'une séance avec un psychiatre de la clinique Harbor-UCLA. Cette procédure lui avait été imposée comme à chaque fois qu'un employé pétait les plombs mais, selon Otto Crawford, le patient avait joué le jeu pendant une dizaine de rendez-vous. Il s'était confié au praticien sans pouvoir s'empêcher de lui glisser qu'être payé à prendre des notes en écoutant les malheurs des autres constituait la meilleure planque du monde. Le débutant n'avait pas compris que dans ce bureau aux murs blancs, face à cet individu qui ne cessait de dévisager son interlocuteur, on extrayait toutes sortes de bêtes de la tête des visiteurs. Et que celles-ci en passant de l'un à l'autre pouvaient contaminer jusqu'au sommeil de celui qui les guettait.

*

À sa grande surprise, Gomez trouva le soir même la meilleure analogie à sa situation. Signe de la gravité ambiante, en entrant dans le bar où chaque soir une partie des chauffeurs du quartier buvaient leur paye, personne n'avait imité le bruit du volatile maudit comme les diurnes le faisaient habituellement à l'adresse des hiboux. Dans ce lieu suintant l'ivresse, on ne pouvait pas boire de cocktails, il n'y en avait que pour les bières lumineuses ou sombres et les alcools forts. Lorsqu'on fêtait un départ à la retraite, on tirait de l'étagère du haut les bouteilles cubiques de bourbon, qui le reste du temps attendaient tendues vers le ciel. Il y avait bien des téléviseurs pour qui avait la patience de regarder les matchs mais le son était coupé. Une fois encore, son collègue évoqua l'ombre de l'arbre sous lequel il avait choisi de placer sa vie, John Little, le ventriloque de Bruce Lee. Avec le plus grand sérieux, Gomez expliqua à Johnson et Stein que l'idole de son idole, pour qui chaque mouvement du corps, du plus insignifiant au plus violent, s'accomplissait à la perfection, fut un jour victime d'une contraction du nerf spinal. Daniel eut beau affirmer qu'il ne souffrait d'aucune maladie et que son bus n'avait pas une éraflure sur la carrosserie, le gros Gomez ne voulut rien entendre. Bruce Lee se trouva littéralement paralysé, poursuivit-il, incapable d'enseigner les arts martiaux ou de combattre. Alors, aux quatre coins de sa maison de Seattle, il écrivit des mantras… Il jura notamment être le premier praticien des arts martiaux à gagner un million de dollars. Malade, son corps n'avait plus qu'un pour cent de masse graisseuse et il ne pesait plus que cinquante-cinq kilos. Pendant de longues minutes, le chauffeur pesant près du double parla philosophie, peau et os, vitesse et violence, légèreté et aisance. Il tenait ses interlocuteurs dans la paume de sa main, John Little aurait été fier.

Mes feuilles de tableur jonchent la table et tout le monde s'en fout. Assis derrière eux dans un box, je savoure moi aussi une bière. Payée par la boîte, en prime. Les autres tables ont des conversations à peu près aussi lunaires, à peine couvertes par un titre de Dire Straits. Voilà ce que c'est de passer du temps avec les petites gens. Au passage, je découvre ma propre transparence. Comme les comptables et les courtiers, les cadres dans mon genre passent inaperçus. Il est vrai qu'on sort rarement de la Pacific, comme si, pour bien évaluer les risques de toutes sortes, il ne fallait en prendre aucun. Stein perd son temps avec ces minables, il devrait déjà avoir pris sa décision. Plus on attend, plus on a de chances de faire le mauvais choix, c'est mathématique.

Sous sa moustache blanche, Stein sourit. Gomez avait pris soin de le comparer à sa divinité tutélaire, ce qui, à ses yeux, devait constituer le plus élevé des compliments. Surtout, le gros ne s'enquit pas de l'éventualité de son propre passage chez les hiboux, il était donc sincère. Un chauffeur en instance de transfert n'avait plus grand monde à ses côtés, il ne fallait pas le contrarier. Cependant, Stein ne comprenait pas où voulait en venir l'élève en arts martiaux.

– Écoute, Daniel, Bruce Lee n'avait plus que la peau sur les os. Sur les muscles, plutôt. Dans *Opération Dragon*, tu vois la différence, il a moins de dorsaux et de scapulaires. Du coup, c'est là que je veux en venir, il est encore meilleur, plus vif, plus tranchant…

– Je vois, tu veux dire qu'il a accepté le changement, la difficulté pour la surmonter et grandir encore un peu ? Et que, comme lui, je devrais accepter mon sort ?

– Exactement ! Bruce Lee retourne les attaques de son adversaire, c'est comme ça qu'il peut triompher.

Le gourou laissa retomber sa phrase dans sa bière. Captivé, Johnson, l'escogriffe habituellement occupé à scruter les environs, en avait oublié jusqu'au numéro de sa ligne. De son côté, Stein faiblissait, le sang ne battait plus à ses tempes mais à ses poignets. Une serveuse brune, reste de strip-teaseuse avec un faux air de Lana Wood, la sœur de Natalie, leur proposa, plateau en main, une nouvelle tournée. Sans s'en rendre compte, le hibou du futur avait minutieusement détruit son sous-bock. Il repoussa la théorie du maniaque du Gung Fu : on ne pouvait retourner contre elle la sentence d'une entreprise de cette taille, pas quand on était petit, vieux, seul et qu'on ne maîtrisait aucun sport de combat.

Gomez se trompait, le déterminisme n'était pas physique mais sentimental. Plus le temps passait, plus le prix des choses humaines, des émotions augmentait, voulait dire Stein. Il en avait connu très peu les derniers temps, c'était peut-être pour ça que son réservoir sonnait creux. Le vieil homme passait dans la vie, il se contentait de se laisser traverser par elle, or il lui fallait désormais réagir.

– Elle est devenue quoi, après, ton idole de cinquante-cinq kilos ?

– Bon, après, ça se complique. Selon John Little, Bruce s'est soigné avec de puissants anti-douleurs afin de supporter la rééducation et la reprise de ses dizaines d'exercices quotidiens. Il a continué à en prendre pour enseigner et gagner sa vie, puis pour tourner une fois revenu à Hong Kong où il a relancé sa carrière à l'écran.

– Et il est devenu accro…

– Oui, totalement. À vrai dire, je me suis toujours demandé si l'œdème cérébral qui l'a tué en 1973 n'était pas une forme de réaction. En tout cas, John Little, sans aucun doute le meilleur connaisseur de la question, n'a jamais donné sa version des faits. Aujourd'hui encore, les experts n'ont pas résolu l'énigme…

Quel sketch ! En voulant lui expliquer une défense permettant de renverser le sort, le dénommé

Gomez indique à Stein sa fin prochaine. Il n'est pas aidé, mon bonhomme, il devrait consulter les syndicats. Finalement, les chauffeurs ont les mêmes discussions que nous à la Pacific, la même peur de l'avenir juste un peu plus imagée. Nous, on en sait trop, chaque employé finit paranoïaque. Moi aussi, je suis passé par là. Les premiers mois, on apprend les statistiques illustrant l'échec de chaque entreprise humaine. Le mariage ? L'adultère ? Le remariage ? L'école publique ? L'école privée ? Les études universitaires ? Un prêt immobilier ? Une hypothèque ? Une création d'entreprise ? Un investissement ? Changer de profession ? À chaque décision de la vie correspond un abîme dont nous connaissons les dimensions exactes. Bien sûr, nous assurons les stars aussi, il y a même un département consacré à ça. Voilà ce que j'ai retenu de mes rares discussions avec les collègues travaillant là-bas : d'un côté, les stars meurent d'être trop connues à coups de médicaments, de drogues et d'accidents, tandis que Stein et moi, on mourra de ne pas l'être assez.

Je crois que c'est ce jour-là qu'il a changé, c'était il y a vingt ans mais je m'en souviens très bien. Il faisait particulièrement beau, c'est pour ça qu'on était allés à la plage. Contre son avis d'ailleurs, il préférait rester à la maison, même le week-end. Je ne m'étais pas tout de suite rendu compte de ce qui se passait, j'étais loin, assise sur le sable. Je voyais mal, j'avais le soleil dans les yeux.

Avant, il faut que je revienne au début, à notre rencontre sinon vous n'allez pas tout saisir. Nous nous sommes rencontrés de manière fortuite, c'était très joli, très pur. Ça nous a beaucoup aidés, le destin était avec nous, si vous voulez.

Aujourd'hui, je sais que même à la fin, avec l'accident, je ne l'avais pas vraiment compris. Pourtant, au bout de quelques semaines de vie commune, il m'avait paru très facile à lire. À cette époque-là, j'en voyais tous les jours, des hommes, de tous les genres. Maintenant, je dirige, c'est différent. Pour bien les orienter, il me fallait leur choisir une direction, une position à laquelle ils tiendraient. Sinon, ils revenaient. Il existe différentes catégories de chômeurs, d'intérimaires, d'individus, d'amoureux aussi, ça, j'en suis sûre. La société est composée de groupes comme les animaux. Si j'avais le temps, j'en ferais la liste, vous pourriez l'utiliser pour votre métier.

Pour revenir à Daniel, il sortait tout de suite du lot, peut-être que c'est cela qui m'a plu. Je n'ai perçu que ce qu'on voyait immédiatement, cette espèce de distance qu'il imposait aux autres. Je ne savais pas jusqu'où ça allait. Une fois que nous avons été ensemble, j'ai commencé à voir les différentes strates. Comme un parking souterrain qui vous amène de plus en plus profond. C'est pour ça que vous ne le trouvez pas aujourd'hui... Présent, il était déjà introuvable, alors si vous n'avez plus de nouvelles depuis plusieurs jours, laissez tomber, vous ne remettrez jamais la main dessus. Je suis beaucoup descendue, j'étais jeune et fascinée. Il sortait du commun des mortels, il me faisait penser à un prince qui se serait trompé d'époque. Et franchement, nous avons été heureux, je l'ai été en tout cas, je peux en témoigner. Lui aussi sans doute. Combien de temps ça a duré ? Des années, je ne sais pas exactement et ce n'est pas le sujet. Il fallait s'agripper, alors j'ai tenu.

Lui, on ne peut pas lui reprocher les erreurs que font les autres. Il a, si vous voulez, inventé une façon d'être irréconciliable avec le reste de la vie. Enfin, presque, parce que nous avons vécu de belles années ensemble. C'est pour ça, d'ailleurs, que je lui en veux. À la fin, les signes sont apparus, il laissait son esprit tout contaminer. Comme si son passé, ce que nous avions réussi pendant si longtemps à enfouir, revenait. Tout ce que j'avais perçu au tout début reprenait forme, sa lenteur, son inactivité. Et puis ce don qu'il avait de faire en sorte que tout le reste, tout ce qui ne passait pas par lui, finisse par ne plus avoir aucune importance.

J'en ai fait le tour et c'est là que je me suis aperçu à quel point il m'avait enfermée. À partir de ce moment-là, je ne l'ai plus supporté. L'évidence m'a sauté au visage : Daniel ne faisait rien, vous comprenez, c'est invivable de vivre avec quelqu'un qui n'a littéralement aucune activité... J'ai essayé de le secouer de plein de manières différentes, de le rendre utile mais cela n'a pas fonctionné, il imposait sa loi. Attention, il n'était pas du tout indifférent à moi, ce n'est pas ce que je veux dire, au contraire même, il n'y en avait que pour nous, le reste n'existait pas.

Le double fond derrière, plus bas, ça, je ne l'ai su qu'après, grâce à l'accident justement. Sur le moment, je n'ai pas compris pourquoi il avait fait ça à la plage. Cet incident m'a vexée et je n'avais plus la force de chercher à comprendre. Si vous voulez mon avis, ça a été sa façon de faire exploser notre vie. Après tout ce qu'il m'avait fait subir, après sa passivité toute-puissante, il revenait au centre du jeu en devenant victime en plus et ça, je ne l'ai pas supporté.

Entretien avec Mme Alexandra Thompson (ex-Stein), le 4 novembre 2017.

Jour 2

Le poisson dans la gorge

En divers lieux une nouvelle race de femmes était apparue en ville. Jeunes, souvent belles, ces étudiantes, serveuses ou simples passantes arboraient une coiffure qui, d'un côté, mettait en valeur leur crinière longue et épaisse, et de l'autre présentait leur crâne recouvert d'un infime duvet. À demi tondues, elles lui rappelaient une photographie aperçue adolescent dans un manuel d'histoire. Stein et ses camarades étudiaient alors dans une salle au rez-de-chaussée du collège donnant sur la rue. Il était laborieux d'écouter le professeur sur son estrade quand la vie elle-même défilait de l'autre côté de la vitre. Sur l'image, on voyait une femme rasée sur le trottoir sous les quolibets des habitants d'une ville européenne, on l'insultait, on lui crachait dessus, on la frappait sans doute. Elle était accusée d'avoir couché avec l'ennemi et le peuple de ce pays, sorti victorieux des décombres, ne le supportait pas. À défaut de pouvoir lui couper la tête, les plus courageux la scalpaient. L'épuration. La serveuse, les mains posées sur le comptoir du café, le fessier bombé en arrière, vêtue d'un T-shirt blanc aux manches retroussées et d'un pantalon à motifs militaires, n'était donc qu'à demi épurée. Daniel Stein aurait aimé connaître la première amazone qui avait porté cette étrange coiffure. Peut-être dans certaines tribus, les Indiens d'avant, les Indiens d'ici à la beauté trop grande pour qu'on les ait laissés vivre, avaient-ils arboré eux aussi pareil ornement.

Chaque jour, il allait boire un café dans un établissement différent, le Du-par's ce matin, un lieu qui clamait exister depuis 1938. La maison blanche en bois était posée au bord du Farmers Market, un vaste rassemblement de commerces de bouche qui n'avait plus rien d'un marché. D'autant plus que, depuis 2002, celui-ci jouxtait un complexe de magasins dans lequel Stein refusait de mettre les pieds. C'était à cause d'eux que le parking était désormais payant. Autour, il y avait également un café Starbucks où les touristes venaient se greffer sur la connexion Wi-Fi, une banque et un bâtiment de la branche ouest de la Writers Guild of America, le syndicat des scénaristes américains. Si jamais le scénario qu'on avait écrit venait à n'être pas assez bien payé, c'était là qu'il fallait se plaindre, et si on voulait lancer une grève paralysant Hollywood, on se trouvait au bon endroit.

L'éveil au monde de Daniel Stein se jouait à l'extérieur, il avait besoin de voir la ville renaître elle aussi, de lire le journal, de croiser des visages familiers, de les saluer, sans en dire plus. Été comme hiver, il restait prostré les mains pressées autour d'un immense gobelet. Il observait la noirceur du breuvage qu'il buvait à petites gorgées. Autour, ce n'était jamais tout à fait pareil, il notait les différences : une nouvelle caisse enregistreuse, un plat inconnu apparu sur le menu, un serveur jamais vu auparavant, un tatouage de plus sur un avant-bras, le personnel l'en félicitait parfois. Le vieux client avait également été témoin de l'apparition des smoothies, une boisson complexe alors que la douceur naissait de la simplicité. Un concentré de l'époque dans un verre en plastique. Sur le trottoir du Du-par's, un livreur faisait entrer en lui la fumée de sa cigarette et en faisait sortir une autre. À mesure que le jeune homme en extrayait le poison, le bout brillait intensément. Alexandra, son ex-femme, avait réussi à détourner Daniel du tabac, il aurait dû l'en remercier, ses mots l'avaient sauvé de beaucoup de choses.

C'était sans doute parce qu'à Los Angeles les boutiques, restaurants, bars et stations-service ne tenaient jamais bien longtemps que Daniel Stein s'attachait à ces lieux sans qualité, à ces lettres aux couleurs criardes peintes sur la façade, aux espaces couverts de crépi effrité où trônaient des chaises de plastique blanc, où l'on servait du café manquant d'arôme et des gâteaux trop secs bien que « faits maison ». La médiocrité rendait à l'évidence certains témoins de ce vaste empire heureux. Peut-être que les mâles s'accommodant des seins en silicone de leur compagne éprouvaient quelque chose de cet ordre-là. Dans les sous-couches de la vie, ils s'allongeaient, oublieux des hauteurs et des dorures que le monde offrait ailleurs et finissaient par s'y endormir, dans un confort de guimauve qui, les années passant, faisait naître un filet de bave à la commissure de leurs lèvres. Peut-être le bonheur n'était-il composé que de particules de ce genre.

Il m'a fallu attendre deux bonnes minutes avant de le rejoindre dehors. C'est un peu malsain de le suivre comme ça. Sans parler du volume de café que j'ingurgite comme lui, je me retrouve stressé à rien faire, c'est ridicule. Sur la 10, Stein roule les fenêtres ouvertes. Malgré les bouchons, il arrivera à l'heure au dépôt de la LACMTA. Lui et moi, de ce point de vue, on est pareils, de bons petits soldats. J'appartiens néanmoins à une autre armée, celle des gens normaux. J'ai une épouse, deux enfants, mon boulot nous fait vivre confortablement tout en payant les études de Catherine et Jennifer. Lui n'a aucun loisir, aucune vie sociale. Moi, je joue au tennis le week-end, depuis toutes petites les filles se sont mises au foot et au surf, on passe notre temps à les emmener aux compétitions.

Je l'accompagnerai du mieux que je peux. Jour et nuit s'il le faut, d'autant plus qu'une prime colossale est réservée à l'expert en charge du dossier : moi. En cas de signature, il y a un million pour ma pomme. Une opportunité pareille ne se présente qu'une fois. Il y aura des jaloux à la Pacific, laissez passer Crésus. Avec Molly, on déménagera à coup sûr, on pourrait même se rapprocher des collines à West Hollywood. Ce matin, je colle discrètement au train de mon ticket de loto. Dans l'habitacle, sa préférence va aux rares stations de radio diffusant du folk et de la country. Un peu sourd, il supporte les trajets le volume de l'autoradio calé au maximum. À chaque publicité, Stein change de fréquence. Un citoyen qui n'aime pas la pub, qui possède le strict minimum chez lui et qui privilégie les appareils d'occasion… c'est à peine si cet olibrius participe à l'économie de la ville.

*

Sa dernière tournée en plein jour s'apprêtait à commencer. Encore une fois, Daniel Stein allait ouvrir la porte avant du NFI C40-LF avec son bruit caractéristique, monter, inspecter le véhicule en quête d'un objet oublié puis s'asseoir dans son fauteuil, régler les rétroviseurs et vérifier les commandes. Surélevé et pouvant actionner n'importe quelle fonction, il dominait son sujet. Dans un recoin de sa tête dormait le secret partagé par tous les chauffeurs : sans eux et leurs bus, les laissés-pour-compte ne pourraient plus circuler, au bout de quelques jours ils s'empareraient des automobiles des honnêtes citoyens et Los Angeles exploserait. Stein vivait une bonne partie de sa vie au conditionnel, il extrapolait, il combinait des hypothèses. Dans sa tête, elles tenaient quelques minutes avant de s'effondrer.

Peut-être devrait-il, aujourd'hui vendredi, se mettre en grève et se venger ainsi... Mais seul, que pouvait-on renverser ? Les gens qui sortaient du rang, il l'avait vu, finissaient broyés. En contrepartie, un seul d'entre eux s'en sortait et faisait l'admiration de la foule.

Dans une ville où chaque individu ne cesse jamais de partir, 2 472 bus transportent chaque semaine 1,7 million de voyageurs. Les Angelinos sont bien les derniers Américains, descendants directs des pionniers, toujours en mouvement dans leurs nouvelles diligences. Il n'y a plus rien à conquérir alors ils prennent la 101 et la 305.

Assis au fond du bus sur la gauche, dans l'angle mort du rétroviseur, je passe la journée en sa compagnie pour le prix d'un voyage. Et moi qui espérais gonfler mes notes de frais... Stein a encore une journée de boulot et le week-end avant d'entamer son service de nuit lundi. Malgré son profil et l'état du marché du travail pour les non-diplômés de sa catégorie d'âge, il n'a toujours pas signé. Je devrais lui laisser un tableau de statistiques expliquant cela en évidence sur mon siège. Il le trouverait ce soir, le lirait d'un air entendu puis signerait l'avenant dans la foulée.

De Santa Monica jusqu'à downtown, il manœuvre son véhicule au centimètre près, je ne vois aucun effet de l'annonce d'hier. On passe par Westwood, Beverly Hills, Hollywood, Central Los Angeles et Echo Park. Selon les horaires, différentes vagues de passagers entrent, ouvriers et femmes de ménage à l'aube, puis les employés, les écoliers, les vieux enfin, les étudiants d'UCLA et quelques tarés. Beaucoup sont des assurés de la Pacific. En déposant ces inconnus aux endroits prévus à cet effet, Stein se met à leur service, ce travail justifie en bonne partie son existence. Conclusion, je le vois mal abandonner cela, il faut se méfier des clients trop lisibles. La direction m'a dit d'attendre une semaine avant de prononcer un jugement à son endroit et d'écrire le bilan du stress test. *D'après eux, les effets d'un transfert indu n'apparaissent qu'au bout de quelques jours. Apparemment, ils en connaissent un rayon sur les hommes en cage.*

On roule le long de Will Rogers State Beach. Il vient de croiser un de ses collègues circulant dans l'autre sens. Les deux bus ont ralenti avant de s'arrêter brièvement à la même hauteur. L'espace d'un instant, Stein et l'autre chauffeur ont cogné leurs poings par la vitre ouverte, je n'avais jamais vu faire un truc pareil. À côté de la double porte de sortie, les jambes d'une passagère pendent, des bâtons trouvés dans la forêt. Elle se prive de manger ou une autre affection la dévore de l'intérieur. Chez les femmes, il faut observer les habitudes alimentaires pour déterminer leur état psychologique. Alors que le reste de la ville cherche à se gonfler avec toutes sortes d'adjuvants, celle-ci ne garde rien à l'intérieur, elle se contente de sa structure osseuse et de filaments de muscles. Il en faut du courage pour révéler l'atroce de la vie. Ils mangent les mâles, ils mangeront la terre entière si on les laisse faire. D'ailleurs, comment Stein peut-il rester si mince à son âge ? Malgré le stress et le sport, je prends au moins un kilo par an.

Un 4 × 4 noir aux vitres teintées stationnait sur un emplacement interdit. Cinq larges sacs blancs provenant d'une boutique de luxe étaient posés sur le siège passager. La conductrice, une dame sans âge, à la beauté chirurgicale, appartenait à ces êtres des collines qui existaient uniquement pour faire envie, passant leurs journées à se parfaire à coups de gommages, de soins, de coiffeur et de piscine. Comme elles, certains individus assimilaient les dogmes du capitalisme jusqu'à l'incarner. Daniel Stein se méfiait du corps des femmes, de leurs reliefs apparents, en particulier lorsque ceux-ci étaient moulés dans des tenues de yoga. Plus aucune femme ne portait de jupe ou de robe, Los Angeles était devenue une vaste salle de gym. Lui se contentait de souvenirs anciens et de ceux qu'on achète de temps à autre, il n'avait pas honte. À son âge, celui où toutes les femmes devenaient désirables, il n'existait pas d'alternative. Cette planète abritait des femmes légères, des hommes lourds et elles seules leur prêtaient attention. Parfois, le désir lui sortait des yeux comme des larmes. Un jour pas si lointain, il avait fait tomber des grains de blé soufflé d'une boîte de céréales sur la table de la cuisine. Chaque corpuscule, quand on l'observait avec attention, ressemblait, une fois isolé de la masse, au sexe d'une femme. Après avoir vidé la boîte, il les avait classés en fonction de leur forme.

Une mamie jura en espagnol, elle venait de manquer de tomber dans le virage. Les vieux se levaient toujours trop tôt, ils cherchaient la chute, les jeunes au contraire rataient parfois leur arrêt. De tous les individus défilant dans son bus, il préférait les handicapés, mutilés de guerre, qui, tous, imposaient leur rythme pénible, obligeant à descendre la plateforme centrale s'ils disposaient d'un fauteuil roulant. Sans savoir pourquoi, Stein se sentait proche d'eux. Comme la ville tout entière, il s'arrêtait à leurs pieds atrophiés, les baisant délicatement tout en rêvant de les écraser un million de fois.

*

La maison baignait dans la quiétude. Petite, étroite et sombre. Ce devait être agréable de vivre ainsi, dans le silence ou la musique, sans téléphone qui sonne, sans ado qui réclame, sans que quiconque se préoccupe de votre sort. Je suis sûr que ses voisins ignorent tout du bonhomme. Entrer chez lui après sa tournée en bus a été un jeu d'enfant, un bon assureur sait que les fenêtres coulissantes de mauvaise qualité s'ouvrent facilement de l'extérieur. Sur la table de son salon trône un impressionnant rectangle d'acier surmonté de deux disques. Un monstre pareil doit coûter une fortune. Il s'agit d'un enregistreur à bandes Pioneer RT-909 – Stein avait étudié des appareils d'occasion, notant leurs capacités, leurs dimensions, leur puissance, leur consommation électrique et leur durée de vie. Successivement, le Revox PR99, l'Akai GX-600D et le Teac X-1000R ont eu ses faveurs, apparemment, le RT-909 créé en 1979 au Japon est increvable à la condition de prendre soin de la courroie et de nettoyer régulièrement les têtes et les guides. Vingt et un kilos, cet homme apprécie les choses considérables. Reste à savoir à quoi ça peut lui servir, l'équation est simple : soit le cobaye écoute des choses rares et interdites, soit il en enregistre.

Cette fois-là, la séance débuta par l'évocation d'un verger, un carré vert profond se colorant au gré des saisons des carnations dont se parent les arbres fruitiers. Le vieil homme aux yeux bleus remontait le temps. Avec ses jouets, des figurines, beaucoup de figurines, il avait fait du jardin l'annexe de sa chambre. La journée, au cœur de ce que les anciens appelaient encore un village, sa mère prenait soin des plantes avant que des employés mexicains ne le fassent à sa place. Enfant, il croyait qu'une fois né en un lieu, on y passait sa vie entière. Ayant grandi dans le nord de l'État, dans une bourgade d'un millier d'âmes posée au bord de la route 108 menant à la Sierra Nevada, le petit Stein comptait grandir dans l'ombre des arbres. Seulement, son père n'ayant pas résisté à l'appel d'un poste à l'université, la tentaculaire Los Angeles eut vite raison de son refuge. Le verger fut ravagé par le déluge, devenu boue et désastre, le vert s'enfonça sous terre, sa famille s'éloigna un peu plus.

À l'enregistreur, Daniel Stein aimait raconter la ville d'alors, les adolescents et les adultes venus de tous les recoins du pays, les rues sans fin, les bandes du quartier, les trajets en voiture pour aller faire les courses. Certains jours, le smog s'infiltrait partout, on baignait dans un nuage légèrement jaune, descendu pour nous étrangler ou nous forcer à plisser les yeux. Les habitués disaient que le smog était apparu pendant la Seconde Guerre mondiale, que c'était un coup des Japonais, qu'ils avaient trouvé un moyen d'empoisonner la ville à petites doses. À l'époque, il y avait encore des cinémas partout et des *diners* où sa famille mangeait chaque vendredi soir. Jamais il n'avait retrouvé l'odeur des meubles peuplant la maison où il était né. À ses parents, il avait fallu du neuf, en accédant à l'échelon social supérieur ils oublièrent jusqu'à l'existence de l'ancienne demeure avec lui au milieu. Le soir, pendant les dîners et les interminables bavardages entre les invités de papa, toujours en veste et accompagnés de dames en robe au sourire figé, tout le monde rivalisait pourtant de paroles réconfortantes envers lui, l'enfant impavide, pendant que maman, debout, servait à chacun une portion du plat cuisiné des heures durant. Une fois assise, elle les regardait tous comme des arbres morts. Son espace à elle se jouait ailleurs, Daniel n'avait jamais su où. Il supportait tout cela en pensant au jour où ses figurines, enfin commandées par la pensée, prendraient d'assaut leur table et régleraient leur compte aux adultes. Il espérait aussi une visite de son oncle et de sa tante, accompagnés de leurs filles. À table, ses cousines, deux brunes girondes plus âgées, s'ennuyaient elles aussi et leur vitalité contrariée faisait gonfler un peu plus leurs robes du dimanche. Il aurait aimé pouvoir les enfermer dans sa chambre et les observer à travers des trous percés dans la cloison. Le soir, il leur passerait les restes du repas pour ne pas qu'elles meurent de faim. En échange, elles se déshabilleraient et il les dévorerait des yeux jusqu'à ce qu'elles s'endorment l'une sur l'autre, indolentes, fiévreuses et quasi nues.

Encore du conditionnel, il n'en sortait pas. Le passé constituait une porte de sortie, tout aussi digne. Il ne restait plus rien de cela, leur famille à elles avait quitté la Californie. Lui ne voulait pas être un héros ni même exercer un métier plus tard, il voulait qu'on le laisse. Être inatteignable jusqu'à ce qu'il décide du contraire. Face à l'appareil, Stein n'avait plus que quelques souvenirs à sa disposition, il raconta sa dernière visite au domicile de son oncle. Il fallait que la machine sache cela, elle n'avait pas été la première. Ce jour-là, sa tante et ses filles avaient exposé devant leur maison tous les biens dont elles désiraient se débarrasser : jouets tordus, vêtements aux couleurs passées, barbecue, table de ping-pong, accessoires de plage… Aucun livre, ils ne lisaient pas. Lui non plus, les dessins avec les bulles des comics suffisaient bien, on y économisait merveilleusement les mots. Parmi les voisins venus pour l'occasion, il avait discuté avec un adolescent en tenue de base-ball. En apprenant son nom de famille, celui-ci lui avait demandé s'il était juif. C'était la première fois qu'on lui posait la question, l'enfant qu'il était encore avait répondu par la négative et l'autre en avait profité pour déverser sa haine. À l'âge adulte, Daniel ne précisa plus sa non-appartenance au peuple élu. Sa tante, elle, n'avait aucun préjugé, cette dame brune qui parlait trop fort l'aimait bien et avait compris à quel point ses deux filles l'obsédaient. Ce jour-là, avant que les Stein ne rentrent, elle lui avait confié la collection de quarante-cinq tours abandonnés par leurs propriétaires passées à une autre tocade. Le soir même, il les avait écoutés un à un dans sa chambre, les jeunes filles sortaient de la moquette et dansaient devant lui.

Au bout d'une heure de palabres, Stein est enfin arrivé à l'« accident », terme suffisamment précis pour restituer la violence de l'événement et assez vague pour qu'on puisse tout imaginer. « Accident », c'est un de nos mots préférés à la Pacific, celui qui permet d'augmenter le prix des polices et de disqualifier les primes que la victime croit devoir recevoir en contrepartie de ses versements mensuels. À l'écouter, le vieil homme avait ce jour-là été coupé à ras, à l'os, sectionné de haut en bas, une moitié de lui « restée dans l'eau ». L'eau, en revanche, complique toujours les choses, elle ne laisse pas de traces, c'est notre ennemi. Le mieux, pour nous, c'est l'asphalte, les collisions sur la route.

Au vu du nombre de bandes magnétiques entreposées sur l'étagère, il a dû raconter cet épisode des dizaines de fois. Le plus fou, c'est que Stein ne parle pas de son transfert chez les hiboux, soit il s'en fout, soit il s'est décidé. Il bloque encore sur le sinistre. Le soir même, il avait débranché le téléphone de leur appartement de Westlake, ce qui mettait la ligne en dérangement. Bien sûr, les services de téléphonie n'avaient rien voulu savoir, il fallait que la sonnerie puisse retentir, la nature du contrat exigeait cela. L'abonné Stein avait cédé mais la boîte sombre surmontée d'une antenne ne sonnait plus, c'est à ce moment-là que sa femme, la fameuse Alexandra, l'avait quitté.

Nous y sommes, la voilà, la clef du dossier. Les fêlures se rejoignent, l'accident dans l'eau et sa femme qui part dans la foulée, les deux événements ne font qu'un. C'est un rescapé, Stein, dix ans après il est tout bonnement encore en syndrome post-traumatique. Malheureusement, ça n'arrange pas du tout mes affaires, la LACMTA a misé sur le mauvais cheval. Il aurait fallu un employé vierge, sans aucune cicatrice. Face au miroir du salon, le voilà qui ouvre grand la bouche, il l'écarte avec les doigts pour regarder à l'intérieur. Il cherche quelque chose.

Daniel Stein ne contenait pas grand-chose. Son histoire n'avait été interrompue que deux fois : la première avec la rencontre d'Alexandra, et la deuxième, une dizaine d'années plus tard, lors d'un accident en mer. Ainsi, tous les dix ans, il se passait quelque chose dans sa vie. Cela venait de se reproduire avec le transfert et il n'avait rien vu venir. Ce soir-là, Daniel Stein sentit à nouveau l'odeur, la plus ancienne qu'il connaisse. Depuis sa noyade, il vivait avec un vertébré fiché dans la gorge. Il n'était jamais parvenu à s'en débarrasser, il n'en avait parlé à personne, pas même à son ex-femme. Les tout premiers jours, il avait la queue, verticale, coincée dans le gosier quand il parlait. Le poisson ondulait le long de sa trachée, les nageoires, la queue, les ailerons, Stein sentait tout. Après, autant que faire se pouvait, il s'était habitué à l'intrus, il le tolérait comme on le faisait d'un cancer, en grinçant des dents. Étrangement, une décennie plus tard, l'animal n'avait pas grandi, il buvait pourtant, il prélevait sa part de chaque repas. Il demeurait là, tout à fait présent, comme une excroissance ou un membre de sa famille. Stein n'avait pas eu la force de l'extraire, il l'avait avalé tout entier.

On ne ressentait le vrai poids de la vie qu'en cas de malheur, c'est ce qu'il avait appris avec cette histoire. Avant, tout était léger, on l'ignorait, on était idiot, en somme. Imbécile heureux. Pourtant, depuis des siècles, des bêtes de mauvais augure, insectes, oiseaux, chats, loups suivaient des individus toute leur vie durant jusqu'à les dévorer pendant leur sommeil. Seuls certains sorciers qui savaient lire au travers des hommes pouvaient vous en débarrasser, disait-on.

Ne pas en parler avait été sa première erreur. Il avait préféré mettre au point la méthode Stein : par l'intermédiaire de l'enregistreur, s'adresser au poisson pour qu'il ne bouge plus, pour qu'il écoute. Le monologue, répété chaque soir de leur vie commune, leur faisait du bien à tous les deux. Il les berçait. Et les rares fois où communiquer avec la machine ne suffisait pas, le vieil homme infortuné avait trouvé une autre solution.

Stein se met à genoux à même le sol et il ne bouge plus. Il semble prier mais son dossier ne fait pas mention de convictions religieuses, j'en suis certain. Maintenant, il reprend la parole, il parle de la noyade comme d'une couleur familière. À l'écouter, il faut s'être noyé pour comprendre le grand tout, il faut avoir senti l'air refluer de soi, les poumons se détacher de la plèvre, monter dans la trachée vers la gorge, quand les muscles du corps se tendent en un seul mouvement pour allonger le cou et faire sortir la tête de l'eau... Il baragouine, il délire, il faudrait un traducteur. On a bien des psys à la Pacific mais ils ne se déplacent pas. Un accident de plongée, je ne vois que ça, son cerveau a dû être trop longtemps privé d'oxygène. Dès lundi, je demande au service

Contentieux de me sortir les statistiques sur les cas où les assurés survivent.

Le voilà qui s'agite à nouveau, ses mains se dirigent vers son cou et commencent à l'enserrer. Il est vraiment cinglé, les veines de son cou gonflent, il s'étrangle ! Il veut tuer le poisson mais les deux vont y passer ! Il va littéralement crever sous mes yeux et tout faire capoter. Le chef du service Indemnisation d'Assurance sur la mort *avait raison, je suis en train d'assister à un putain de crime et je ne peux rien faire. A minima, je serai coupable de l'avoir laissé mourir. Et puis comment expliquer ma présence sur sa terrasse ? La Pacific devra me couvrir. Je n'ai jamais entendu parler d'un truc pareil, même pas dans les dossiers à connotation sexuelle dont se délectent mes collègues. Il relâche un peu la pression. Je halète moi aussi, ses mains se détachent enfin, il arrête de serrer. À quoi ça rime, tout ça ? Va savoir si c'est dû au transfert ou s'il était déjà fou à lier.*

*

Après chaque enregistrement et plus encore quand il revivait la noyade en s'étranglant, Daniel Stein se sustentait un peu. Sur la table de la cuisine, il trempait des biscuits dans un bol de yaourt. Le survivant mangeait peu et lentement, ce qui, à la cantine, gênait ses camarades pressés. Comme tous les célibataires, il s'alimentait mal. Il aimait les matières liquides, les craquements des aliments de toutes sortes l'écœuraient. Sa vie consistait en grande partie à éviter les chocs, quels qu'ils soient. L'armée lui aurait fait du bien, croyait-il pourtant, à dix-huit ans il se serait forgé un corps nouveau, cheveux ras, muscles fins, estomac et cœur à toute épreuve. Si on l'avait réveillé une nuit à coups de clairon pour grimper au mont Olympe, il en aurait été capable. Là-bas, il aurait aimé les chants, les gestes à répéter à l'infini et le costume impeccable qu'on fournissait. Lui se foutait des armes et de l'ennemi, il s'agissait de se couler un peu d'acier dans les veines. Il se savait trop liquide, trop fluide, vaporeux presque, ce qui pouvait expliquer pourquoi si peu de gens au cours de sa vie s'étaient attachés à lui.

Il y a des lustres de cela, son père, grâce à ses relations, lui avait justement épargné l'épreuve du service militaire. Par conviction politique, principalement. C'était un gaucho indécrottable, un marxiste de papier pouvant expliquer les sept étapes à venir avant le déclenchement de la révolution mais incapable de retirer son argent d'une des multiples banques que le grand capital avait placées autour de lui pour offrir à sa famille un voyage à Hawaï ou une voiture plus confortable. Lui-même avait échappé à la guerre de Corée parce qu'il faisait partie de ces individus exemptés du collectif. Surtout, cette tête de mule pensait que son fils ne saurait pas s'adapter à la vie en caserne, à la violence symbolique qu'on y exerçait jour et nuit. Quand le paternel leur avait annoncé la nouvelle, il avait fièrement indiqué l'excuse médicale trouvée : « *Dementia praecox*, imparable ! » À table devant un poulet rôti à la peau dorée, les mots latins avaient eu l'effet d'un coup de couteau. Finalement, le seul service que son père lui avait rendu, Daniel ne le lui avait pas demandé. Lui aurait voulu savoir s'orienter en forêt, faire un feu avec deux pierres et peut-être tuer un homme à mains nues. Quarante ans après, il ne savait pour ainsi dire rien faire. Tout juste tenir un volant, manger, dormir et rêver un peu.

Après chaque noyade, il y voyait plus clair. La LACMTA venait de resserrer la laisse, il fallait mordre ou courber l'échine. Signer ou pas l'avenant à son contrat. Daniel Stein avait bien une idée en tête mais elle comportait de sérieux risques. Pour la première fois de sa vie, il lui fallait basculer dans l'illégalité. Les habitants de Los Angeles avaient toujours flirté avec cette ligne-là. Lui, non. La police elle-même était la plus corrompue du pays, disait-on, ce qui renforçait la dangerosité de son projet. Le chauffeur de la ligne 2 savait exactement ce qui lui restait à faire, il était invisible et il allait en profiter.

*

Stein a dû en avoir marre de l'air vicié de chez lui. Il se dirige vers le Staples Center. Sans réservation pour le match de ce soir et au dernier moment, le vieux fou va payer sa place au prix fort. J'ai compris, il procrastine. Toute leur vie, les gens blessés se vengent sur les autres ou alors ils se taisent. Lui, c'est autre chose, il s'en prend à lui-même. Franchement, il me fait mal au cœur. Stein n'aboie contre personne d'autre que lui-même, il ne mord que sa propre main. En expert des stress tests, *je guettais une micro fêlure, un bref défaut de paiement au troisième trimestre et je tombe sur une banqueroute, un trou béant. Le divorce puis la noyade, les soliloques devant la machine pendant des années et maintenant cette strangulation sordide. Son* excellente notation était un leurre, un dingue pareil ne va pas reprendre le boulot.

Sa Chevrolet Impala entre dans le parking du stade, il est en retard, le match va commencer. Voilà pourquoi il a choisi le centre-ville, son équipe fétiche joue, sinon il n'a rien à faire dans ce quartier de hipsters et d'employés de bureau. Moi non plus, d'ailleurs, je hais cet endroit, il y a déjà des bouchons partout. Je vais le laisser, je n'irai pas plus loin ce soir. Impossible d'appeler les copains pour leur raconter cette histoire de fous, l'information finirait par fuiter : la boîte joue son avenir sur un vieux mec qui parle à une machine. À tous les coups, Jones des services techniques va demander laquelle.

Bon sang… Mais c'est ça ! Le Pioneer ! Voilà le lien, j'ai pas oublié mes classiques ! Au début d'Assurance sur la mort, Walter Neff titube et s'assied dans le bureau de son patron à la Pacific. Pour raconter la terrible histoire dans laquelle il est plongé, l'assassin saisit un enregistreur, une sorte de magnétophone relié à un cornet. Une « machine à dicter » comme on disait à l'époque. Affalé dans un fauteuil, blessé à l'épaule, Neff donne sa version des faits, exactement comme Stein tout à l'heure. « Office memorandum, Los Angeles, 16 juillet 1938 », ça commence comme *ça. Avec une balle dans la peau, l'homme fait des aveux différés à son supérieur qui de toute façon a déjà deviné son crime et la fraude à l'assurance. Il parle pour rien, Walter, dans cette ville on sait déjà tout de l'autre, les murs ne sont pas assez épais, les portes ne ferment pas, on entend et on voit tout. Et si Daniel Stein, c'est Walter Neff, le mec qui perd les pédales, alors moi je suis l'autre, Edgar G. Robinson en personne, la voix de la raison qui le surveille. Putain de ville où tout se rejoint, putain de films et putain de vie.*

Non seulement Danny a du métier mais il est une légende chez nous. Au tennis, il y a Federer, Nadal, McEnroe… Au basket, Jordan, Bird, Abdul-Jabbar… Vous voyez ? Eh bien, à notre petite échelle, c'est pareil. Oui, il existe de bons chauffeurs de bus, des surdoués et des mauvais. Tout le monde pense qu'on se vaut et qu'on finira par nous remplacer par des machines mais il y a des signes qui ne trompent pas, le virage, la façon de le prendre, la courbe et le replacement, ça, c'est la clef. Et c'est là où Danny excellait…

Voilà, il faut que ce soit écrit quelque part. Vous devriez aller demander au bureau Accidents, vous verrez qu'en plus de dix ans il n'a jamais eu un seul accrochage ! C'est du jamais vu car il y a toujours un con qui double au mauvais moment, un mec qui sort de sa place sans prévenir, sans parler des piétons, des deux-roues, des travaux, des feux défectueux... C'est pour ça que je crois pas une seconde à un accident de la circulation, il passe toujours au travers. Et puis, il y a le style, d'une fluidité sans pareille, il n'y avait aucun à-coup, aucun freinage ou accélération brusque, Danny glissait, il flottait avec son treize tonnes.

Qu'on ne sache rien sur ce qu'il fait maintenant et qu'il n'ait prévenu personne, ça ne m'étonne pas. Ceux qui le connaissent mal le croient dingue mais c'est de la jalousie à cause de sa longévité. Une fêlure ? Oui, peut-être. Chez nous, il y a beaucoup de mecs seuls, des gens qui ont des vies compliquées, qui ont fait toutes sortes de métiers avant. Chez les femmes chauffeurs aussi, pire encore. On ne reste pas longtemps en règle générale, ça use de conduire un bus, les vertèbres, les reins, on a beau changer les sièges, le dos morfle. Danny n'avait pas de famille, ça, les gens n'aiment pas non plus, il en parlait pas, il cherchait pas le réconfort. À mon avis, s'il a vraiment un problème aujourd'hui, ça vient de plus loin. Il y a de tout ici, même des gens clean... De toute façon, on peut pas conduire parfaitement sans avoir de l'autre côté une forme d'équilibre.

Moi, je dirais plutôt que les humains, c'est pas son fort. Danny, c'est un homme à machines. Vous avez vu sa Chevrolet Impala ? On en est tous jaloux. Quand il a le dos tourné, j'en connais qui la prennent en photo... Chaque année, quelqu'un lui fait une offre, des collectionneurs, des chicanos, surtout. Là aussi, je l'ai jamais entendu parler d'un pépin. Attention, je parle pas d'outils électroniques. Pour ça, il est vieux jeu, il n'a rien, pas d'ordinateur, pas de téléphone portable, rien ! C'est pour ça qu'il vous a échappé et que vous remettez pas la main dessus. Si ça se trouve, il est juste à côté d'ici en train de boire un café... Allez fouiller les troquets, il adore y traîner le matin.

Le seul truc à savoir, c'est que le passer en équipe de nuit était la pire des conneries à faire. S'il y a bien un chauffeur qui méritait de rester sur la ligne 2, c'est lui. C'est le Graal, elle traverse les beaux quartiers, peu de passagers et pas de maboules, on ne l'accorde qu'aux anciens et aux meilleurs. Et lui, c'est le meilleur des anciens. Conduire la nuit, c'est pour les nouveaux, les jeunes, ceux qui s'en foutent de dormir en plein jour ou qui cumulent plusieurs boulots. C'est ça, le scandale ! En plus, ils lui ont demandé de montrer l'exemple pour que les autres suivent et ferment leur gueule. Ça, oui, ça a pu déclencher quelque chose…

Entretien avec Hector Gomez, chauffeur de bus de la ligne 2, le 5 novembre 2017.

Jour 3

Le kidnapping

Le plus beau des crimes. Le plus beau parce que le plus subtil, une infraction quasiment invisible, un tableau de maître échappant aux critiques d'art, un chef-d'œuvre jamais sorti en salles, voilà ce que Daniel Stein s'apprêtait à commettre. Techniquement, c'était un délit, ce qui pourrait arranger ses affaires en cas d'arrestation. Il encourait quelques années d'emprisonnement quand même, tout dépendrait de la qualité des avocats d'en face. À vrai dire, il y avait peu de chances que cela se produise. Le hangar situé dans la zone industrielle au coin d'East 38th Street et d'Irving Street, dans un quartier où les seules âmes animées poussaient un chariot rempli de guenilles pour rejoindre Skid Row, la réserve officielle de zombies de la ville, ne disposait pas de caméras de surveillance. Le quartier avait ses avantages, si l'on avait besoin de planquer un corps ou une acquisition compromettante, on ne pouvait trouver mieux.

Tout semblait violet et mauve. À 4 heures du matin, des filaments de la circulation plus au nord, sur la 10, résonnaient encore. Quelques moustiques résistaient à la brise nocturne, c'était un temps à s'asseoir par terre pour contempler les étoiles et réfléchir à son sort. Le hibou avec un poisson dans le bec ne réfléchissait plus, il l'avait trop fait. Au coin de la rue, un lampadaire éclairait à peine la porte d'entrée. Preuve que ce bâtiment n'avait pas été conçu pour être visité par quiconque, il ne disposait pas de place de parking. Stein n'avait pas peur, c'était autre chose, plutôt le sentiment pesant qu'il entrait dans l'irrémédiable, qu'il ne pouvait déjà plus revenir en arrière du seul fait de s'être rendu à cette heure-là dans cette partie de la ville.

Un tournevis et un marteau suffirent pour faire sauter la serrure de ce que la direction de la LACMTA appelait la Réserve. Pas de cadenas, pas d'alarme, pas d'agent de sécurité, voilà comment la mémoire des neuf mille salariés était conservée. Il y a cinq ans, la direction clamait avoir commencé à numériser l'ensemble des archives administratives et se vantait de conserver les documents originaux dans un lieu sûr, ce genre de petit hangar médiocre où les entreprises stockaient ce qu'il leur semblait bon de soustraire au regard de leurs employés. Pour le verrou, trois coups en vinrent à bout, l'Amérique avait un problème avec ses serrures. Placé dans le trou, le manche du marteau fit levier. Dans une demi-obscurité, huit couloirs séparant des rangées de hautes armoires métalliques gavées de dossiers comme le sien apparurent sous les néons.

L'avant-veille, le matricule BN99FHT21 figurait en haut à droite sur le dossier posé sur le bureau de M. Williams, le DRH. Malgré l'épisode catastrophique de la miction, le hibou cambrioleur l'avait retenu. Les documents étant classés par ordre alphabétique, les siens devaient résider quelque part au bout du premier couloir. Du côté gauche, dans le quatrième tiroir de la dernière armoire, vers le milieu. Stein l'ouvrit sur toute la longueur. Apparemment, dix ans d'une carrière exemplaire comme la sienne tenaient en une vingtaine de feuillets. Il enfourna tous les dossiers du tiroir dans le sac de chantier amené à cet effet. Kidnappés, ses collègues du matricule B, eux aussi victimes de la guerre des hiboux déclenchée par la direction. Un compartiment entièrement vide n'étonnera personne, on croira à une erreur, à un simple oubli – de temps à autre, certains bus en fin de vie disparaissaient bien des entrepôts où leurs carcasses attendaient les pièces de rechange. Au fond du sac, le cambrioleur ajouta les statuts du règlement intérieur régissant le travail de nuit et les mutations de personnel. Il s'était souvenu d'un procès-verbal du comité d'entreprise dans lequel un syndicat hurlait contre la faiblesse des fonds alloués à l'effort de numérisation. Selon eux, au-delà de cinq ans d'existence, aucun document n'avait été scanné. Autrement dit, Daniel Stein emportait l'unique mémoire de la boîte. Sans, la LACMTA n'aura pas les moyens de s'opposer aux recours juridiques des salariés, c'était là sa vengeance, son attentat silencieux.

À l'extérieur, un sans-abri passa sans le voir. L'abruti qui suivait Stein dans sa japonaise n'était plus là, il ne saurait rien de son forfait. À cette heure-là, il devait dormir en famille, croyant sa cible rentrée à la maison après le match. Les commanditaires avaient surestimé leur séide, on ne confiait pas ce genre de tâche à quelqu'un comptant ses heures de sommeil.

Un peu plus tôt, en chemin vers le hangar, Stein avait hésité une dernière fois entre le kidnapping ou attendre le DRH dans l'immeuble de la LACMTA pour le frapper à mort à son arrivée. Le vieil homme aurait patienté à son bureau jusqu'à ce que celui-ci entre, un sourire crispé sur le visage, une pointe d'inquiétude peut-être au fond du regard. Sa première formule de politesse ou un trait d'humour auraient été immédiatement interrompus par la violence dont il se savait capable. Il s'agissait de le faire tomber sur la moquette d'un seul coup. Son père lui avait toujours dit de cogner le plexus solaire, d'après lui la vie tout entière tenait là et d'une seule brève pression on pouvait la faire s'en échapper. Un être sensé aurait plutôt attaqué la LACMTA en justice, cela durerait des mois et, en cas de victoire, le plaignant remporterait une petite fortune. Lui préférait s'extraire de l'équation, le repli lui avait toujours semblé être la meilleure des issues. L'administration mettrait des semaines à s'apercevoir de la disparition des documents avant de comprendre la mortelle blessure : on ne pouvait transférer un employé sans prouver son recrutement, produire l'historique de son activité ni arguer d'un règlement dont il ne restait aucune trace écrite. Pas d'archives, pas de règles ; pas de règles, le chaos.

Une fois la serrure délicatement replacée dans son trou, Stein traîna son butin jusqu'à la voiture et l'enferma dans le coffre. Le sac frottait le bitume, tout serait corné.

*

Comme prévu, il n'y a personne dans les bureaux de bon matin, ce n'est pas le zèle qui étouffera la Pacific. Pourtant, nos badges nous donnent accès aux locaux le week-end afin de pouvoir travailler dans un silence absolu. Je bosse trop, je sais, il ne s'écoule pas une semaine sans que Molly me le dise mais, cette fois-ci, c'est différent, j'investigue. Noyé, divorcé, presque viré, maintenant étranglé et toujours debout, Daniel Stein est increvable. Les documents de la LACMTA ne sont pas assez précis et, selon toute vraisemblance, il n'entre dans aucune de nos cases. Dans quelques années, une intelligence artificielle qui saura tout, absolument tout des clients nous aura remplacés et elle pourra prévenir leur comportement et composer des contrats d'assurance sur mesure. En attendant, des employés comme moi examinent encore les dossiers à la main, en mêlant analyse de données chiffrées et ce qu'il faut bien nommer leur instinct. Je me croyais bon, très bon, même, et je n'ai pas vu venir son histoire d'autostrangulation ni de poisson. Deux inconnues de cette taille, c'est rarissime. Dans nos archives, il y a forcément des données sur les troubles mentaux post-traumatiques, sur le type de comportements que ceux-ci induisent et sur les chaînes de causalité. De mémoire, il existe seize catégories de troubles DSM-IV et leurs équivalents CIM-10, le cas du chauffeur de la ligne 2 doit se trouver parmi les centaines de variantes. À moins bien sûr qu'il n'incarne une nouvelle catégorie à lui tout seul.

Certains matins comme ce samedi-là, assis face à son bout de jardin envahi de soleil, Daniel Stein avait l'impression d'être le premier homme à affronter la lumière du monde, le premier à attendre une musique descendue des cieux qui ne viendrait pas. Cette nuit-là, il avait rempli son devoir et il en était fier, c'était un acte d'une pureté absolue qu'il lui fallait à présent parfaire avec un alibi en béton. Pour cela, il allait renouer une relation entretenue depuis une vingtaine d'années avec un type dont il ne savait presque rien. Le dénommé Luigi dirigeait un garage au coin de Pico et d'Exposition Boulevard qui, six jours sur sept, ruinait les amateurs de voitures anciennes. Un jour très lointain, il lui avait confié que, pour sa Chevrolet Impala Custom Coupé, il pourrait toujours passer à l'improviste.

Dès l'entrée du garage, l'odeur de graisse mêlée à l'essence saisit Daniel Stein aux narines. À cette heure-là, une dizaine d'employés s'affairaient déjà, chacun occupé par une carcasse. Sur le sol, quelques taches d'huile, le visiteur aimait ces petits mondes aux abords mauves et jaunes, supernovas et galaxies parcourues de vagues de couleurs aux entrelacements irisés. Existait-il un autre lieu où l'on pouvait traverser les dimensions en regardant simplement par terre ? L'antre ne tolérait pas les profanes ni les véhicules électriques pour lesquels on changeait la batterie comme dans un réveille-matin. Sans moteur, aucun dialogue, aucun corps à corps avec la machine, aucune huile de coude, à peine quelques cliquetis, des bips et puis, au démarrage, un souffle artificiel couvrant le silence. Plutôt crever. Dans sa chemise trop grande, Stein appartenait lui aussi à l'univers mécanique.

– Bonjour, Luigi. Je t'ai amené la bête.

– Salut, Danny, ça fait plaisir de te voir... Elle souffre de quoi ? Elle a des rhumatismes ?

– Pas plus que moi... Il faudrait juste un check-up, ça fait un bout de temps.

– Tu veux que je regarde ce qu'on a fait la dernière fois et quand c'était ?

– Pas la peine, j'ai confiance en tes infirmiers. Un simple passage en revue de l'essentiel au cas où j'aurais un long trajet à faire.

Dans la hiérarchie du patron, les voitures comptaient plus que les bipèdes. Ou du moins étaient préservés les individus ayant choisi un moyen de transport entrant dans son panthéon mécanique. Luigi aimait son Impala 76, donc il aimait Stein. Et s'il le fallait, il témoignerait en sa faveur. « Oui, M. Stein nous a livré son bolide au milieu de la nuit, et ce n'est pas la première fois », il voyait bien le gros bonhomme dire ça aux autorités avec son air supérieur.

Près d'un établi, un petit groupe de mécanos évoquaient la sécheresse, café en main. Il n'avait pas plu depuis des semaines. En Californie, les muscles anciens des saisons durcissaient leur étreinte, l'air épaississait, la chaleur brûlait la surface des choses et creusait des failles partout. Daniel leur exposa brièvement sa théorie : avant la montée des eaux à venir, la Terre se préparait, voilà tout, elle creusait les tranchées comme eux autrefois excavaient le sous-sol pour y déposer la coque bleue de leurs piscines. Chaque morceau de bitume se fendillant aujourd'hui serait bientôt envahi par l'océan, les espaces verts deviendraient des lacs, rejoints dans quelques années par le Pacifique. Personne ne le contredit.

À proximité, un mécanicien testait le moteur d'une Chevrolet Camaro RS/SS de 1969. Dans ces rugissements, l'acier, l'aluminium et la tôle exultaient. La tristesse ne pouvait être infinie, une péripétie, aussi infime fût-elle, venait toujours l'interrompre. Daniel Stein était venu pour ça, pour prendre des forces avant la suite de sa métamorphose. Un modèle comme ça devait valoir plus de deux cent mille dollars, certains malfrats tuaient pour un trophée pareil. Son vol à lui était d'une autre espèce, celui d'un gagne-petit, il n'accaparait pas, il soustrayait. Il y avait dans cette ville d'autres archives à éventrer, d'autres documents à escamoter. Les livres n'étaient pas munis de dispositif antivol, était-il le seul délinquant à l'avoir remarqué ? En premier lieu, il pourrait s'attaquer aux ouvrages préférés de son père, ceux qui avaient empoisonné sa vie et celle de sa mère. Le professeur émérite en littérature comparée lisait des romans russes. Enfant, cela l'impressionnait plus que tout, lui qui voyait dans cette nation grande comme la moitié de la carte au fond de la classe un peuple de subtils assassins, d'espions de toutes sortes.

Lire le russe signifiait parler russe, comprendre un langage codé, et donc être au moins un agent double. Un seul nom d'alors faisait frissonner l'enfant d'angoisse, conscient que celui qui le prononçait entrait dans un autre monde, le leur. Dostoïevski. À l'époque, Daniel n'osait pas le prononcer à voix haute.

Un demi-siècle plus tard, il connaissait encore par cœur la liste des ouvrages préférés de son père. Anthony Stein tenait également un passage de *L'Avortement*, le roman de Richard Brautigan, pour un des plus importants de l'histoire de la littérature, il lui en avait souvent parlé. Il y était question d'une étrange bibliothèque ouverte nuit et jour où les auteurs venaient déposer leurs manuscrits. À 3 heures du matin une nuit, une vieille dame venue à pied y confiait, très émue, celui qu'elle venait de terminer après cinq ans de travail. *Madame Charles Fine Adams : La Culture des fleurs à la lueur des bougies dans une chambre d'hôtel.* Son bouquin à elle écrit à la main dans un classeur à feuilles mobiles s'appelait ainsi. Il y était question de tulipes et de lys de la vallée. Contre toute attente, son universitaire de père voyait dans le seul titre de cet ouvrage une parabole et une définition de la littérature : « Depuis que l'homme a commencé à écrire, il se tue chaque jour à faire pousser des fleurs éclairées par de la lumière artificielle dans une pièce sans fenêtre. Tu vois, on ne peut mieux dire. Cet auteur qu'on a pris pour un aimable beatnik a réussi là où tous les autres ont échoué. Seulement, il ne le savait pas. » Ce serait le premier volume à enfermer dans le coffre de l'Impala avec le reste de son butin.

Aimer, écrire, Anthony Stein n'avait fait ni l'un ni l'autre. Son fils n'avait jamais vraiment lu, c'était peut-être sa toute première vengeance. Encore aujourd'hui, le chauffeur de bus se méfiait des écrivains, les gens les suivaient aveuglément, ils leur obéissaient de phrase en phrase parce qu'ils les savaient atteints de la même maladie qu'eux. Le public en achetait pour vingt dollars chaque bouquin, lui ne voulait pas qu'un inconnu lui regarde dans la gorge ni regarder dans la sienne. Son père disait de la littérature que c'était la liberté absolue dans la contrainte la plus absolue. Un absolutiste, voilà ce qu'il était. Ce qui expliquait pourquoi, bien que n'ayant jamais rien écrit lui-même qui ne soit pas universitaire, il s'autorisait tout en empêchant les autres de faire quoi que ce soit. « Chaque page contient une vie », affirmait-il. Trois cents pages, trois cents vies, trois cents livres, quatre-vingt-dix mille vies.

Fois dix, fois vingt, fois trente. Anthony Stein avait ainsi soi-disant vécu un million de vies. Pourtant, l'adolescent aux yeux bleus comme des billes pressentait que cet homme sans miséricorde n'en connaissait pas une seule, pas même la sienne passée en bonne partie à l'observer. Ni celle de son épouse dont la seule tension du cou lorsqu'elle était debout face à une fenêtre renseignait plus sur la résignation que n'importe quel récit.

Écrire, c'était ajouter encore et toujours. La richesse, l'accumulation, Stein avait très tôt fait une croix dessus. La veille de son dixième anniversaire, Daniel, ce garçon blond un peu malingre et silencieux, avait eu la chance de pouvoir choisir son cadeau. Mais ce jour-là, chez le vendeur de vélos, il avait découvert en la personne d'une mère et de son fils sur le point de remplacer une bicyclette oubliée, cassée ou n'arborant pas la bonne couleur, la nation des gens achetant des objets précieux sans y prêter attention, ceux pour qui la vie consistait à se laisser faire jusqu'à ce qu'elle prenne fin. Il leur suffisait d'être au monde et vélos, voitures, maisons, emplois, amants viendraient à eux en tombant du ciel. Par ricochet, son père, le portefeuille à la main, appartenait malgré toute sa morgue à la classe laborieuse et le môme qui avait manqué de défaillir face aux dizaines de bicyclettes serait lui aussi besogneux.

« Dans deux bonnes heures, elle sera comme neuve », lui glissa Luigi à l'oreille. Il était gros avec de larges muscles greffés sur la graisse, ses cheveux noirs gominés et tirés en arrière lui donnaient un air important. Pour éviter les coups de clef dans les entrailles de l'Impala, Daniel Stein quitta les lieux. Le jeune mécano chargé de la soigner jurait en espagnol, cette langue, assemblage de syllabes faciles à retenir, espèce d'espéranto destiné aux faibles d'esprit, aux immigrants de toutes sortes, lui avait toujours répugné, c'était son unique concession à la xénophobie. Sans monture, le vieil Angelino émacié n'avait plus qu'à aller au cinéma en prenant le bus de la ligne 17 ou en marchant sur Sawtelle Boulevard jusqu'au croisement avec Santa Monica Boulevard où trônait le Nuart Theatre. Grâce à l'intrigue à raconter, le film, qui jouait également en nocturne la veille, allait constituer l'autre moitié de son alibi.

*

Au guichet, une voiture couverte de gouttes de pluie dessinée sur l'affiche l'a poussé à prononcer ces mots : « Blue Caprice. » *Derrière lui dans la queue, je répète le titre du film. Des meurtres perpétrés dans la banlieue de Washington, pourquoi il va voir ça ? Il n'est pas assez déprimé ? Nous ne sommes pas nombreux, j'ignorais même que des gens allaient au cinéma en pleine journée. Des images d'archives commencent à défiler, ambulances et véhicules de police, accompagnées de voix paniquées de gens alertant les autorités qu'un crime vient d'avoir lieu. Je me souviens du fait divers. Pendant quelques jours, cette histoire sordide avait paralysé le pays.*

Dans une forêt tropicale, un adolescent à l'air têtu marche un bâton à la main. Un peu plus tard, un individu plus âgé, un père de famille exsudant une lente et profonde violence, lui sauve la vie et le prend sous son aile. Ces deux êtres à la peau noire ont été abandonnés, l'un par sa mère, l'autre par son épouse. Au tiers du film, le premier apprend au second à tuer et venge ainsi sa propre histoire. Cela correspond aux statistiques, la population noire est de loin la plus criminogène. Dans ce pays, on traite mal les Noirs parce qu'on craint la nuit, c'est mon analyse de Blanc. Pour lutter contre cette peur, l'homme a inventé l'électricité et le feu. Aujourd'hui encore, on les éclaire à la lampe électrique, on les surveille en leur assignant des quartiers, on scrute avec curiosité leurs exploits et leurs chants. Quoi qu'ils fassent, nous ne voyons que le noir à la surface. Il faudrait que la nuit tombe vraiment sur nous, définitivement, pour commencer à comprendre ce qui se trame sous les foncés, on découvrirait alors des trésors ou, plus sûrement encore, des intérieurs d'une remarquable banalité.

La voiture bleue, une Chevrolet Caprice Classic, donnait son nom au film car le héros de l'histoire y installait une machine à tuer. Daniel Stein avait connu des modèles comme ça, le degré zéro de l'automobile, une trois volumes née pour passer inaperçue. Sauf que la partie arrière de celle-ci avait été transformée en stand de tir. Étendu de tout son long à l'intérieur, l'adolescent abattait les badauds avec un fusil à lunette dépassant du trou percé dans le coffre. Après chaque crime, son mentor reprenait la route sans précipitation. « J'ai créé un monstre », disait-il en caressant la tête du garçon. Un mystérieux fluide circulait entre eux, alimentant cette extraordinaire entreprise. Comble de la sophistication, leur vengeance s'exerçait au hasard, de simples piétons ou des automobilistes frappés de-ci de-là. Aux yeux de Stein, cela faisait sens, les corps tombaient et le fardeau sur les épaules de ces nouveaux démiurges s'allégeait de quelques grammes. Tous les trois, ils avançaient à contre-courant du monde, eux tuaient des inconnus et lui avait braqué un hangar oublié. Pour survivre, chacun se taillait un petit crime à la hauteur de son désespoir.

À la sortie de la salle, Daniel Stein aurait aimé échanger ses impressions avec les autres spectateurs mais il avait la suite du programme à accomplir. Avant d'envisager un prochain braquage, il lui fallait parachever celui-là. Dès les premiers mètres sur le trottoir, une immense confiance monta en lui, l'enfant et son fusil lui avaient inoculé une fraction de leur pouvoir.

Dans le film, le vieux prenait soin du jeune. Stein n'avait pas eu cette chance. Sans descendance, il avait enfreint la loi tout seul. Il y a des années, il pensait avec Alexandra qu'un enfant finirait par arriver. Sans se l'avouer, il l'attendait, il l'imaginait même. Bien sûr, ce serait un garçon qui réussirait là où lui avait échoué. C'est pourquoi son futur père allait trouver un vrai métier et ne ferait plus tout reposer sur sa mère, il le lui avait juré à plusieurs reprises. Les autres autour doutaient, de toute façon ils ne croyaient pas à leur histoire, ils la trouvaient trop jeune et trop bien pour lui. Grâce à elle, l'oisif avait échappé à sa destinée, les gens sentaient cela et le lui faisaient payer. À cinquante ans passés, on ne pouvait plus fuir, Daniel Stein allait rebondir mais pour cela il comptait une dernière fois sur elle, il attendait une forme de signal. L'enfant. De son côté, depuis le début, Alex n'avait exigé qu'une chose : qu'il travaillât enfin. Or, il occupait à quoi ses journées ? Il ne saurait dire, ne rien faire chaque jour de la semaine lui prenait énormément de temps et d'énergie. Il regardait autour de lui, il scrutait les choses, il respirait aussi, le plus calmement possible, il regardait par les fenêtres, il faisait des assouplissements, il déjeunait, puis la sieste. Il lisait parfois les magazines d'Alex avant qu'elle n'arrive. Elle, qui sortait des types de la mouise à longueur de journée, ne supportait plus d'en retrouver un autre à la maison. Avec un fils, il aurait lui aussi triomphé de la vie, un peu comme l'autre dans sa Chevrolet Caprice, et ce, sans même tuer quiconque.

Je l'ai vu arriver dans le rétroviseur. Stein a ralenti son allure, il murmure dans sa moustache.

En ville, il y en a des centaines comme lui, des femmes postées derrière leurs rideaux à observer les passants, des vieillards à déambulateur et des boiteux. Ils marmonnent dans la rue, les mots sortent par à-coups ou par jets, tous ces gens à qui la vie a enlevé une part d'eux-mêmes, on finit par lire sur leurs lèvres. Il est passé sans même remarquer ma Lexus garée le long du garage, il ne voit plus que ce qui lui importe. Dans son dos, une large coulée de transpiration décolore sa chemise. Sa vie s'accélère, Stein a pris sa décision. Voici ma nouvelle hypothèse : soit il signe l'avenant, soit il revient au boulot flinguer ses collègues.

— Me raconte pas d'histoires à la con, t'es pas clean, je le vois… C'est pas la peine de revenir. Retourne aux NA !

On entend l'engueulade d'ici. Un mécano vient de prendre son poste de travail avec une heure de retard. Le patron le soupçonne de s'être défoncé. Si j'en crois mes souvenirs, se faire surprendre camé au travail à cet âge signifie avoir déjà perdu dix ans d'espérance de vie. Enfin, ça dépend aussi de son adresse postale. D'ailleurs, ni moi ni Daniel Stein ne nous sommes immergés dans aucune drogue, on ne doit pas être nombreux dans ce cas-là. Le gamin fait demi-tour, viré. Stein n'ira pas aux Narcotiques Anonymes, lui c'est une autre sorte d'éclopé, un illuminé de l'intérieur. Contrairement au collègue qu'il avait frappé et au psy de Harbor-UCLA, je ne crois pas qu'il souffre de dépression. Avec son poisson dans la gorge, c'est un Anonyme Anonyme, voilà où il pourrait émarger si jamais ils se réunissent quelque part.

Près du bureau de Luigi, une machine à friandises, énorme bloc de couleur rouge, le dépassait d'une tête. Pour fêter cette renaissance, le propriétaire de l'Impala choisit un biscuit glacé portant le nom d'une région du nord du Canada. Klondike. L'objet tomba avec un bruit mat. En le ramassant, il se revit enfant sur le trottoir en face de chez lui, faisant la queue devant le camion qui approvisionnait en glaces les mômes de son quartier. De la musique s'échappait du haut-parleur du véhicule, une promesse d'éternité. En ces instants-là, la ville et la vie tout entière se fondaient dans l'été. En tournoyant, les notes hypnotisaient tout le voisinage. Les seuls qui y résistaient, c'étaient les grands qui avaient goûté à l'alcool. L'été, l'éternel été. La vie, aussi légère qu'elle devait être. En suspension, en vol, en filaments de vanille comme des morceaux d'arc-en-ciel qu'on dévorait sans y penser.

Sur l'emballage du biscuit glacé étaient dessinés des sommets montagneux parfaitement triangulaires et, plus bas, la silhouette d'un ours polaire marchant le long d'une surface bleutée. Le biscuit consistait en un sandwich de forme carrée enfermant une épaisse couche de crème glacée, la lettre *K* en majuscule perçait la banquise. Le plus lentement possible, le vieil homme dévora le tout. À ce moment précis, il lui sembla ne pas pouvoir être plus heureux. La civilisation américaine n'avait jamais fait mieux. Le poisson avait à voir avec l'enfance, avec ce qu'il en restait une fois qu'elle prenait fin, il en était désormais certain.

*

L'interphone du numéro 228 grésillait avant même qu'il n'appuie dessus. L'immeuble, un amoncellement de cubes beiges aux fenêtres étroites, se tenait debout le long d'une allée en pente ouvrant ses fondations sur un parking en sous-sol. Daniel Stein s'était garé à bonne distance en prenant soin de régler l'horodateur sur la durée maximale de stationnement. Il n'avait pas vraiment honte, à peine une simple gêne d'une nature inconnue. Les prostituées officiaient à domicile désormais, il fallait les choisir par ordinateur. Les rares fois où il passait dans un bar, le chauffeur de bus ramassait discrètement les cartes disposées à l'attention des clients ivres. Chez lui, il s'était constitué un classeur les répertoriant par genre, il y en avait neuf par page de plastique transparent, chacune disposant de sa propre niche, l'objet reposait caché sous son lit, scotché aux lattes du sommier. Parmi elles, il avait choisi la moins synthétique.

Une fois de plus, la jeune femme ne ressemblait pas à sa carte. Elle arborait une tenue rouge et lança un « Danny chéri » déplacé. Un T-shirt en coton laissait deviner une éventuelle absence de culotte. Il ne savait pas lui donner un âge et à cause de cela il la désirait plus encore. Une fois l'argent en main, elle quitta la pièce et ferma la porte à clef. Ces filles-là étaient armées, on ne pouvait pas leur en vouloir avec tous les tarés qui leur tournaient autour. Dans l'appartement, tout était beige, d'une étrange neutralité donnant envie de la pourfendre. Des bouteilles d'eau étaient offertes à la dégustation sur une table basse près de la fenêtre aux rideaux tirés, il n'ôta que ses chaussures et sa ceinture, il aimait bien l'imperfection du moment lorsqu'elle le déshabillait. Dans quelques minutes, elle allait l'aider à oublier le transfert, le kidnapping et le type qui le suivait. En haut à gauche, dans un coin du plafond, une minuscule caméra l'observait. Lorsque la porte s'ouvrit à nouveau, le client avait les yeux fermés, il transpirait. La fille resta interdite, elle le regardait ne pas la voir, peut-être reconnut-elle ce qu'il était venu chercher. En s'approchant, elle s'accroupit sur la moquette. Il ne voulait pas voir son propre corps ni son caleçon par l'ouverture duquel elle sortit sa queue, ne pas voir et ressentir. Elle commença les caresses pour lesquelles il avait payé une petite fortune, elle lui mâcha le travail.

En elle, il retrouva immédiatement quelque chose qu'il n'avait jamais su identifier et tenta d'y demeurer le plus longtemps possible. Puis, il ne put s'empêcher d'accélérer ses mouvements, d'esquisser des gestes violents, il attrapa ce qu'il pouvait d'elle et le ramena vers lui. Ça aussi, elle avait dû le reconnaître, la jeune femme devait tout savoir de la violence, la tendresse disparue qui fait des nœuds, les pulsions, les hoquets, les râles et les coups pour les délacer. Autour, tout se mit à grincer, à claquer, il n'y avait plus que du noir lardé d'éclairs pourpres, il frappa du peu de force dont il disposait encore. L'appartement devait être insonorisé, à moins que ce ne fût elle. La jeune femme en rajoutait, elle le poussait dans ses retranchements, elle ralentit ses mouvements puis se contorsionna pour se retrouver face à lui.

La prostituée lui ouvrit les paupières avec ses ongles plastifiés, il fallait qu'il voie ce qui allait suivre. Stein garda les yeux ouverts, il voulait comprendre. En s'approchant pour qu'il la pénètre de nouveau, elle s'enfonça profondément les doigts dans la bouche et en tira, lentement, perle après perle, un invraisemblable collier, accessoire immense puisque celui-ci, à mesure que le client pénétrait son corps sans jamais vraiment avancer, tiré par sa main, s'allongeait sans fin, serpent sombre continuant de sortir, infini, horrible, tel un intestin extrait du corps d'une acrobate de cirque. Certains consommateurs devaient payer très cher pour assister à cette scène. À moins que ce ne fût son arme pour faire jouir les idiots subjugués par la murène ou les faire débander subitement. Le vieux corps tomba sur elle, il ne contenait plus une seule goutte d'obscurité.

Posté à la fenêtre, invisible derrière le store, moi, Jonathan Harris, employé exemplaire, pas voyeur pour un sou, j'ai tout vu. Pour le rencard, j'avais compris, Stein s'était lavé les cheveux et avait repassé sa chemise ce matin. J'ai tout regardé et, franchement, j'ai honte. Leurs corps produisaient des choses inouïes, de la musique baroque, ils jetaient des fruits contre les murs, je n'ai rien à foutre là. Saint Pacific, dieu des assureurs, rendez-moi mon bureau, mon ordinateur, mes post-it et bouclons ce dossier, je ne veux pas de la vie, je ne veux pas de toute cette matière, laissez ça aux flics et aux psychiatres.

Si je fumais, j'allumerais une cigarette dans l'habitacle de la Lexus. J'ai presque envie d'appeler Molly, elle saurait me rassurer. Je vais devoir enfermer ça dans un coin de ma tête. Un sac de serpents, cette affaire. Stein a beau être couvert de fêlures, il tient bon. Sa bagnole est réparée, il a tiré son coup. Mine de rien, il se stabilise, voire il prend des forces. C'était du flan, son étranglement, juste le contrecoup de l'annonce du transfert. À mon avis, il va signer l'avenant, c'est pour lundi. Son trip avec la fille, je ne sais même pas si c'est triste ou dégueulasse. Avec l'âge, il faut exulter un peu plus fort, moins on veut de vous, plus vous devez en vouloir aux autres. Il court après la violence, il l'achète pour enfin ressentir quelque chose. Enfin, je vois ça comme ça. Les vrais détectives doivent connaître ça par cœur : si on tient à comprendre un individu, il faut plonger la tête la première dans son lit.

Il est venu plusieurs fois. Je ne sais pas combien mais je pourrais retrouver. Ça changeait un peu des autres clients, il était plus âgé. Avec son sérieux, son intensité, il sortait du lot. J'ai beaucoup de jeunes qui viennent claquer leur argent, faire n'importe quoi. Lui, c'était autre chose, il venait chercher quelque chose de précis. Au début, il savait pas quoi puis, à force, on a trouvé. Il voulait ne pas voir, il fermait les yeux pour mieux ressentir, être totalement dans son trip.

Certains clients viennent pour se sentir forts, d'autres pour s'oublier. D'un côté, on sert de défouloir et de l'autre, de porte de sortie... Lui, c'était ça, il s'enfermait dans ce qu'il faisait ici pour, je crois, oublier le reste. Bien sûr, on ne connaît pas le parcours du client, sa vie, mais on perçoit, on devine. On ferait de bons flics, croyez-moi... D'ailleurs, vous allez avoir besoin d'eux s'il a disparu. Je peux vous dire une chose : ne leur faites pas confiance, ils n'ont aucune raison de vous le retrouver, votre bonhomme. Dès la première visite, il a dit le minimum, même pas ce dont il avait envie. Avec lui, c'était, disons, pas vraiment de l'amusement, comme si ça lui coûtait vraiment.

Je peux vous préciser une chose, je ne pense pas qu'il m'en voudra : ce n'est qu'à la fin, quand il sentait qu'il allait venir, qu'il devenait un peu violent. Pas trop, franchement on voit bien pire, on a l'habitude. Je pense pas qu'il cherchait ça, c'était juste sa façon de réagir, de repousser la fin. Il s'exprimait comme ça, d'autres parlent, nous insultent ou disent des mots doux. Quand on connaît un peu la personne, quand on sait à quoi s'attendre, ça passe mieux.

Vous savez, je le vois pas triste ni désespéré, plutôt concentré. En même temps, on oublie les clients le plus vite possible. Neuf fois sur dix, dès la porte fermée. Sauf avec les réguliers, il finit par y avoir un lien, on remarque des détails, le dialogue s'engage. Avec lui, on n'en était pas encore là. Je crois pas qu'il y ait beaucoup de métiers où l'on en apprenne autant sur les gens. Rien d'extraordinaire la plupart du temps. Mais à force, avec les années, avec les différents cas, on finit par en savoir beaucoup. Certains nous proposent des choses folles, ils vont jusqu'à nous offrir des ponts d'or ! Ils sont prisonniers, les hommes, tous, ils veulent sortir. Moi, j'aime bien ne pas faire comme la concurrence. Je suis indépendante, vous savez… Ça compte. Lui s'en fout probablement. Les réputations se font vite dans ce milieu, j'ignore d'ailleurs comment il a eu mes coordonnées. Il était pas du genre à chercher en ligne. Peut-être à cause de mes anciennes cartes qui traînent encore. Je fais plus ça, ça attirait les losers.

Entretien avec Jennifer Porter, prostituée, le 5 novembre 2017.

Jour 4

Auprès des anges

Ne pas faire de bruit en descendant l'escalier, ni en faisant le café, ne pas allumer la radio, me contenter des notifications sur la tablette. Bien sûr, je ne trouve rien ce matin, à croire que chaque semaine la femme de ménage change de place les ustensiles. J'aurais bien aimé flemmarder au lit mais, comme tous les vieux, Stein se réveille très tôt. Les filles ne vont pas se lever avant midi, au moins Molly aura une matinée au calme.

En moins d'une semaine, je suis devenu un passager clandestin dans ma propre maison. Comme celles du quartier, elle est grande et blanche, haute de deux étages, et quelle que soit l'heure de la journée des gens baladent leur chien devant. On se connaît tous, on connaît même le nom des bêtes. Pour déterminer la personnalité des habitants, il suffit d'observer la hauteur de coupe du gazon. Nous sommes parmi les presque négligés, pas les hippies mais ceux qui oublient la tondeuse de temps à autre. Chez nous, on se concentre plutôt sur notre intérieur, nous sommes fiers de notre mobilier des années cinquante chiné à droite à gauche. Notre rêve inavoué, c'est qu'un magazine vienne un jour nous photographier, nous pourrions poser chacun sur un fauteuil dessiné par un architecte avec lequel nous sommes sans doute assortis.

À l'étage, les filles et Molly dorment, elles ont le sommeil profond. Le dossier Stein, c'est mieux qu'un réveille-matin. D'ailleurs, j'en ai rêvé cette nuit : c'était pas exactement lui mais un autre bonhomme dont je n'arrivais pas à voir le visage. Il se retournait et me regardait en dévorant des fruits, il s'en mettait partout. Je n'ai pas trouvé de sens au rêve, le vieux passe toujours entre les gouttes. Mine de rien, avec sa non-intervention permanente, il a réussi à ne pas marcher sur qui que ce soit. Et n'en a tiré aucun avantage. Nous, à la Pacific, on est payés des millions pour protéger individus et entreprises pendant qu'ils écrasent le monde. Le mécanisme est d'une simplicité diabolique : nous vendons des contrats dont les clauses empêchent dans la majorité des cas de protéger les clients. Le grand public l'ignore mais chacun paye pour être rassuré, pas pour être protégé. Si le monde de l'entreprise était calqué sur le règne animal, nous serions des hyènes, des animaux extrêmement intelligents et laids. Bien sûr, personne n'a jamais félicité Stein de ne pas ajouter à l'horreur de la vie, de se contenter de tourner en rond. Si, son ex-femme peut-être, au début, du moins.

Le week-end prochain, il me faudra me faire pardonner mon absence. En attendant, première étape du jour, emporter le café dans le thermos puis prendre les jumelles dans le garage et faire le plein. Si possible trouver un lasso pour m'accrocher à l'Impala, va savoir où le stress test *va encore m'emmener.*

*

Le dimanche, sur des kilomètres à la ronde, se terrait dans les maisons une population d'ensevelis. Dès l'aube, les coyotes, parfois par bandes de deux ou trois spécimens, sortaient parmi les rues étroites descendant à flanc de colline. Daniel Stein en avait vu trottiner le long de ces artères en pente, pas même étonnés de croiser un représentant de la race humaine, des putois aussi s'introduisaient dans les jardins, leur présence provoquait des haut-le-cœur et leur odeur pestilentielle collait partout. Il ne fallait pas laver à la machine les vêtements touchés. L'appareil, conservant les stigmates de ses envoyés de l'enfer, était lui aussi bon à jeter à la benne. Il y avait également les pumas, des caméras cachées dans les fourrés enregistraient leurs mouvements. Aucune autre cité ne pouvait se targuer d'un tel bestiaire, les New-Yorkais n'avaient que de ridicules petits écureuils à se mettre sous la dent.

La veille de son entrée chez les hiboux, Daniel Stein avait un devoir à accomplir. Au feu, une vieille dame au volant d'une Rolls jaune le lui avait rappelé. Il entrait chez les riches, le vert des palmiers ressortait mieux, les boutiques étaient gardées par des vigiles cravatés, toutes les vitres se teintaient pour mieux cacher ce qui se déroulait à l'intérieur. Pour la première fois, il allait rendre visite à son père dans son nouveau lieu de vie aux murs blancs couverts de lierre. Anthony Stein devait avoir fini de déjeuner avec ses condisciples, à moins qu'il ne fasse la sieste. Plus on vieillissait, plus on mangeait tôt, de peur de ne plus jamais pouvoir. Dans ce jardin mêlant cactus, palmiers et rhododendrons, des bungalows loués une fortune accompagnaient les notables vers la sortie. Papa était bien vivant, son fils avait juste fait semblant de l'oublier. Parmi les autres occupants, Daniel avait repéré sur le chemin de dalles reliant les maisonnettes entre elles un vieil acteur de western. Un producteur, une avocate et une décoratrice d'intérieur, ajoutera fièrement son paternel dans quelques minutes, moins heureux de la visite du fils invisible que d'agoniser parmi l'aristocratie californienne. Sa porte était ouverte, il apparut de dos, voûté, comme tordu en deux parties. Pour se signaler, Stein fredonna « I'm Growing Old », une des chansons préférées de l'ancien universitaire.

Sans se retourner, le vieillard, qui fouillait dans sa collection de disques, en sortit un qu'il plaça sur la platine. Apparemment, il en prenait toujours autant soin, il avait appris à Daniel à ne pas les laisser à proximité d'une source de chaleur car la matière noire se dilatait. Des cheveux blancs et gras rebiquaient derrière la nuque, ce qu'auparavant il n'aurait pas toléré. Dans le petit salon baigné d'ombre, une fois la pointe du diamant entrée dans le microsillon, l'astre se mit à tourner. « I'm Growing Old », justement, une voix sublime et enrouée, un ange déchu. L'hôte avait reconnu l'air que son fils fredonnait.

À travers l'épaisseur du monde, il percevait encore les notes de musique.

– Tu vois, Daniel, tu as bien fait de venir. Maintenant, tu pourras le dire à qui tu veux, c'était pas Sinatra mais lui, le meilleur. En plus, il était parvenu à séduire Judy Garland, la petite fiancée de l'Amérique, tu te rends compte ! Attends, ce n'est pas tout… Il est assez rare que Dieu descende sur terre observer les créations des autres, pas vrai ? Et pourtant, Frank Sinatra en personne allait l'écouter au Jilly's à New York dans la 52e Rue… On me l'a certifié !

Pas une question sur la raison de sa venue, aucune phrase pour l'accueillir ni pour prendre de ses nouvelles, ni même pour évoquer le choix de ce lieu comme terminus, rien qu'une affirmation péremptoire. D'après lui, malgré un fort penchant pour la bouteille et les cigarettes, Bobby Cole chantait mieux que personne. En couvrant la chanson, Stein Senior expliqua à Junior que cet élégant pianiste vétéran de la guerre de Corée avait tout donné, sans préciser quoi. Le mot « donner » sonnait étrangement dans sa bouche. Sur la table de chevet près du fauteuil reposait une montre-bracelet. Son fils l'avait toujours vu la ranger ainsi. De lui, il ne lui resterait peut-être que cette image, un cadran argenté posé à plat avec, de part et d'autre, les deux parties du bracelet de cuir remontant en courbe.

La vie ne l'avait pas tout à fait quitté. Ses yeux avaient la couleur du tabac comme si, avec les années, l'intérieur avait cuit. Dedans, il y avait une chose que Daniel Stein n'avait jamais vue, une fixité qui n'était ni l'amour ni la haine. Ils brillaient, pleins d'un liquide qui ne pouvait être des larmes. Au téléphone quelques jours plus tôt, la médecin en chef de l'établissement avait confié à Stein en termes choisis que son patient n'en avait plus pour longtemps : « Il serait utile de venir lui parler. » À ses yeux, il n'était pas uniquement question de santé, elle voulait les réconcilier. Mais le père et le fils ne feraient pas la paix, dans cette maison de poupées pour momies, deux incapacités à être au monde s'affrontaient, d'un côté le surplomb, et de l'autre le retrait. Une fois encore, dès que la musique cesserait, le vieux crabe aux mains en forme de pinces allait le dominer.

– Il est encore vivant, ton chanteur ?

– Non, et il n'a jamais vraiment percé. Vingt-cinq ans après cet album, plus personne ne se souvenait de lui quand on l'a retrouvé à demi mort dans une rue de New York. Gravement malade, il s'accrochait à un poteau pour ne pas tomber sur le trottoir. Sinatra, lui, est mort deux ans plus tard. Tu t'en souviens ? Confit dans son bocal comme un fruit gorgé d'alcool, admiré, richissime, une légende pour paparazzis, ministre, président presque, ridicule dictateur de sa propre hagiographie... Tandis que l'autre, pigiste, bouche-trou, sublime remplaçant sans discographie à l'exception de ce chef-d'œuvre. Tu vois, Daniel, à la radio on demande souvent aux invités quelle œuvre ils amèneraient sur une île déserte, eh bien, si un reporter débarque ici, je lui préparerais un café et je lui dirais : « Vous formulez mal la question. L'île déserte, c'est précisément l'album *A Point of View* de Bobby Cole. »

*

Voilà que moi aussi je fredonne leur mélodie de malheur. Cette chanson, dans laquelle l'interprète reproche à sa descendance de l'avoir abandonné tout en insistant sur le fait que son tour à elle viendra bientôt, est apparemment une des seules choses que le vieux lui a léguées. Ces deux-là sont définitivement tordus, irrécupérables. Avoir raison contre les autres, Anthony Stein suinte cette maladie-là. Daniel, lui, est resté fils. Je ne l'ai jamais vu si absent, il semblait transparent sur le seuil du bungalow et de tout le reste. Ses traumas n'en sont que plus apparents, la Pacific aurait dû l'assurer contre son paternel puis contre le reste du monde. Écrasé, effacé, un trait à peine tracé, une ombre. Il y a peut-être un avantage à en tirer. Si jamais il voit dans ses employeurs de la LACMTA une forme de figure paternelle, il ne pourra s'empêcher d'obéir et de signer l'avenant ce soir.

Au bord de la 110, les tours regardaient l'Impala passer. Des hôtels, des musées, des immeubles de luxe poussaient, tous trop élevés, atrocement verticaux. Chaque jour, Los Angeles foutait en l'air son héritage en abandonnant sa suprême horizontalité et personne n'y prêtait attention. Parmi ces bâtiments, il y avait celui de la LACMTA : plus de cent mètres de haut, vingt-six étages, des murs en granite italien et… un aquarium géant à l'intérieur. Autrement dit, une réserve de poissons.

Daniel Stein regrettait déjà la platitude de Los Angeles, son extension infinie laissant la place aux cieux immenses dont seuls les contreforts boisés montaient à l'assaut. Il ne s'agissait pas d'architecture, il n'y connaissait pas grand-chose, d'ailleurs, mais de philosophie. Là, le développement avait toujours été orienté vers la terre, les vallées, les montagnes. Le vertige était horizontal, on penchait vers le lointain. Le ciel appartenait, lui, aux rares oiseaux, aux palmiers sentinelles et aux projecteurs balayant la nuit des génériques de la 20th Century Fox. Aux hélicoptères de la police aussi, à ceux des médias et des gens fortunés qui n'avaient pas envie de se perdre dans les bouchons. Au contraire de Chicago et de New York, la ville n'était jamais entrée dans l'ignoble course aux gratte-ciel, maladie qui avait contaminé l'Asie et les pays du Golfe. Là, on se contentait d'épouser le territoire et, en contrepartie, chacun pouvait s'y tailler une petite place puis passer sa vie à circuler allègrement entre les cases du labyrinthe.

En matière d'aménagement du territoire, le silence faisait loi. Daniel non plus n'avait pas su parler à son paternel. Pour dire quoi ? Quelque chose, peu importe, une poignée de mots jetés en l'air afin de lui faire comprendre que sa vie à lui était un échec, la domination de tous et de chacun ne lui avait rien apporté, Anthony Stein finissait seul, sans quiconque pour célébrer le maigre feu de son soleil éteint. Lui filait, Daniel ne ferait pas la même erreur, il avait encore un peu d'amour à revendre, au moins cela grouillait au fond de lui. En revanche, les petits hommes comme lui ne pourraient rien contre les tours. Chacun laissait faire et plus il ferait chaud, pire ce serait car la chaleur dissolvait tous les courages. Le Mexique voisin, trois heures plus bas au bout de la 5, l'effrayait. Trafics, enlèvements, exécutions, hommes et femmes ensevelis la tête en bas, pendus accrochés aux ponts. Avec en pointillé, sur toute la carte du pays, des grains de poudre blanche dont une bonne partie finissait dans les narines des Angelinos. Daniel avait préféré retenir cela plutôt que sa beauté ou la brûlure de sa cuisine. Là-bas, le travail de la mort était même devenu un folklore, se souvenait-il, avec ses costumes, ses poteries, ses danses et ses spectacles qui ravissaient les visiteurs oublieux. Le crime avait traversé la frontière et, à sa manière, l'avait lui aussi contaminé.

*

À 14 heures, le désœuvrement frappait encore la ville, les habitants somnolaient en digérant. Stein embauchait le lendemain soir et, pour tourner la page, il avait rendez-vous avec les êtres qu'il aimait le plus. Eux seuls, avec la machine, savaient étouffer le poisson. Quand sa vie et la ville lui rappelaient trop les mâchoires d'un engrenage, il allait les consulter. Los Angeles savait broyer ses habitants, pas subitement comme à New York mais lentement, délicatement, inexorablement. Il fallait une porte de sortie, un élixir. À chaque fois, Daniel Stein se garait près d'un rassemblement afin de les observer, il ignorait comment cela avait commencé, il n'en parlait pas. Il avait un peu honte, il y allait comme on se rend au bordel.

À l'approche de l'endroit, il oublia déjà la voiture du suiveur derrière la sienne. Leurs bruits, frottements et crissements énigmatiques, affleuraient avant même leur apparition. Dans ce cimetière de formes, on torturait le mobilier urbain. Des courbes et des lignes droites entrelacées, des cubes, des triangles comme des jouets abandonnés par un enfant géant ; au sol, les couches de couleurs pastel se superposaient au gris ancestral des villes neuves. Au fond, une immense piscine vide où les poissons volants plongeaient et replongeaient sans fin. Pendant son adolescence, ses copains s'introduisaient dans les villas désertes pour rouler au fond des piscines vidées de leur eau, lui n'avait jamais osé les rejoindre, il avait envié les bandes, leurs jeux, leurs bagarres, leurs idoles.

Avant de se lancer dans la fosse, un skater pressa sur sa narine pour faire jaillir de l'autre un long jet de morve, même adolescent il n'avait jamais su faire cela. Autour, les voitures défilaient en ligne droite, impassibles. Si chaque immigré débarquant en Californie se demandait quelle sorte d'hommes y poussait, il trouverait là la réponse : des êtres de béton ailés, des feux follets maigres et cabossés, des demi-enfants, des pantins désarticulés, des insectes bruyants, des drones.

Ces créatures aux couleurs changeantes selon qu'elles plongeaient dans les trous percés là ou qu'elles en sortaient majestueusement semblaient ne jamais véritablement tomber, elles trébuchaient parfois, elles dégringolaient en se cognant à la surface terrestre mais cette action cent fois répétée finissait par ne plus avoir d'importance. Chez elles, tout s'amortissait, on relevait la tête puis on entamait un nouveau mouvement aérien, la reddition face aux lois de la pesanteur se parait de l'élégance du vol plané. À la naissance, chacun tombait dans la vie. Depuis l'accident en mer, et plus encore depuis que la filature avait commencé, Stein voyait les choses ainsi, on restait des années à la surface puis, tôt ou tard, que l'on marchât droit ou non, que l'on ignorât ou non l'existence de cette loi, on tombait encore. Il vivait à cette profondeur-là de la vie, dans une de ses couches inférieures dont on ignorait le nombre tant il semblait, à mesure que l'on progressait dans cette direction-là, en exister. En bas, tout au fond, il ne restait plus que soi. Sans distraction possible, ni famille ni amour. Eux planaient au-dessus des disgrâces, ils régnaient et lui, l'esclave de la ligne 2, ne cesserait jamais de les scruter.

Les skaters échappaient au vertige, au temps, Daniel Stein les regardait bouche bée. Dans chaque coin, un nouvel arrivant se lançait, les uns propulsant leur planche contre des barres d'acier sorties de terre, des rampes d'escaliers, raclant leur armature en aluminium comme pour en faire jaillir du feu. D'autres s'entraînaient à répéter des demi-tours soudains, ils peignaient plus qu'ils ne dansaient, rebondissant, hoquetant, sautant en l'air sans raison apparente, pour le seul plaisir de retomber peut-être, pour éprouver la vélocité de leurs muscles et la résistance de leurs planches, montant puis descendant tels des pendules, des pinceaux roulants qui s'arrêtaient net au sommet des monticules gravis.

La maigreur unissait les membres de cette secte, certains derviches tourneurs avaient le crâne rasé, d'autres portaient de longs cheveux d'une finesse extrême. L'intrus ignorait si, comme pour les autres adolescents, leurs habits, vieux et neufs à la fois, larges et étriqués, blancs et colorés, revêtaient pour eux une quelconque signification. Certains se filmaient et de leur bouche sortaient des bordées d'onomatopées et de cris, à travers la vitre avant de l'Impala passaient des mots inconnus, des chiffres aussi. Quand les skaters ne roulaient pas, ils parlaient ou fumaient, ils modifiaient l'odeur du monde.

À leur contact, Daniel Stein divaguait. Le vieil homme fourbu avait trouvé là la source de la ville, la réserve d'eau souterraine faisant vivre toute la vallée. Il passerait quelques heures ainsi, il y puiserait les réponses aux dernières questions qui s'imposaient à lui. Cet avenant de malheur sur lequel il devait apposer son nom et l'ombre de cet homme qui depuis quelques jours ne cessait de le suivre à la trace. Il fallait penser au temps long, à la légèreté des choses qui duraient par-delà les circonstances, à ce que l'engrenage ne pouvait broyer. Il en allait ainsi de l'existence, elle glissait sur les hommes comme sur eux, enfants aux corps couverts de bleus. Lui célébrait leur art de glisser sur elle. À chaque visite, le même vague à l'âme le saisissait, la vie se détachait de lui ou plutôt prenait, en tournant sur elle-même, la forme d'une infinie nostalgie de ce qu'il n'avait pu être. Coincé dans la Chevrolet, trop âgé pour se mêler à eux, incapable de voler d'aucune manière, il ne pouvait pas prendre part au sublime. Il s'arrangeait seulement avec les contingences, il évitait les chocs. Le non-skater buvait ces adolescents, il aspirait leurs mouvements, leurs cabrioles et leurs crissements de toutes sortes, il lévitait dans l'habitacle.

– Monsieur, veuillez sortir du véhicule.

La main gantée de noir d'un flic tapait sur le pare-brise. Décalé de quelques mètres sur le côté, un autre policier le dévisageait, une main posée sur son holster. Ils l'avaient retrouvé, c'était fini. Une caméra avait dû le trahir ou un des zombies du quartier de la Réserve avait bavé. Il respira un grand coup.

– Monsieur, vous faites quoi stationné ici ?

– Euh… Je… cherche… mon neveu… Il fugue régulièrement. Pour aller faire du skate.

– Ça fait cinq minutes qu'on vous observe et vous n'êtes pas sorti de votre véhicule. Vous risquez pas de le trouver en restant à l'intérieur.

– À vrai dire, j'essaie de voir s'il y a ici un de ses copains qui pourrait me renseigner mais je suis pas sûr de les reconnaître. Ils se ressemblent tous à cet âge-là…

– Tu serais pas plutôt en train de te rincer l'œil ?

Merde, les flics ! S'ils dénichent la moindre irrégularité, je vais le perdre à jamais, lui, le contrat, la prime, tout ! Jamais le comité de direction ne signera un accord de ce montant sans un casier judiciaire vierge. Les policiers contrôlent ses papiers, il est en règle et le coffre immaculé de la Chevrolet va les rassurer. Il y a bien de la paperasse à l'intérieur mais ils n'en font rien. S'ils vérifient toutes les voitures, je vais y avoir droit, moi aussi. Stein est un malin, il a instinctivement sorti cette histoire de neveu fugueur. Maintenant, c'est lui qui leur demande la permission d'emprunter un portable pour appeler « sa sœur » et vérifier si le gamin est revenu à la maison. Los Angeles est décidément remplie d'acteurs-nés, ils se contentent de le sermonner, à leurs yeux Stein est passé de la catégorie de prédateur sexuel à celle de vieil hurluberlu. Le deuxième policier, un Asiatique aux paupières ovales découpées au scalpel, ne lui a pas adressé la parole.

*

Le temps du contrôle, les skaters avaient suspendu leur danse puis replongé dans les fosses. Daniel Stein venait de frôler le pire, l'arrestation, la justice, l'infamie. La police n'avait pas son cambriolage en tête ni le kidnapping de documents confidentiels mais un crime bien pire, le pire de tous. La société et ses gardiens infligeaient ce genre de blessure aux amoureux de toutes sortes, aux collectionneurs perclus de dettes, aux compteurs d'avions repoussés loin de l'aéroport, musiciens expulsés, pilotes privés de permis… On s'arrêtait sur un banc pour lire un poème à voix haute et on finissait à l'hôpital psychiatrique. Inutile de dénicher un autre skate park, le Léviathan ne voulait plus de lui, il le renvoyait dans sa nuit avec les oiseaux et les fous.

En cas de crise, Daniel Stein devait se raccrocher à un souvenir heureux, Otto Crawford, le psychiatre recommandé par la LACMTA, le lui avait conseillé. L'explication avait duré longtemps. Pendant que le patient cherchait ses mots, son regard s'attardait sur le peu d'objets que contenait le cabinet du médecin. Ça, il s'en souvenait. Un buste grec, quelques livres d'art sur une étagère, une photo de lui prise sur un bateau avec de l'eau turquoise autour, un bureau sans ordinateur, un énorme agenda couvert de cuir posé dessus, un coupe-papier. La plupart des meubles étaient faits de verre ou d'une surface lourde et transparente. Tout avait été étudié pour faire parler les invités. Il y avait aussi une plante luxuriante, aux larges feuilles tropicales, avec en son centre quelques fleurs rouges, des pucerons semblaient courir dessus. Exactement comme les patients attendant chaque jour leur tour dans le vestibule.

Son unique victoire datant d'il y a vingt ans, Stein en polissait à chaque fois la surface comme une statuette en or massif. Chez lui, dans la voiture, dans le bus, partout. Ce jour-là, dans le bureau du juge, une femme avait accepté de s'engager à passer son existence à ses côtés. Mieux, elle aimait ce bloc d'imperfections que la vie en société terrorisait et qui avait réussi à s'en protéger au point que plus grand-chose venant d'elle ne semblait pouvoir le toucher. Dès le premier jour, Alexandra l'avait éclairé, il ne saurait mieux dire. À l'époque, il craignait encore qu'elle ne s'échappât aussi vite qu'elle était apparue, se marier constituait un bon moyen de la clouer sur un établi de bois.

Le matin même de la cérémonie, Daniel avait écrit sur un bout de papier « être heureux avec Alex » avant de le plier et de le glisser dans la poche de sa veste. Il avait consigné ce vœu-là, qu'on ne dise pas que les hommes dirigent le monde, ils étaient uniquement assez idiots pour le croire. De sa lumière, Alex éclaboussait les rires gras des rares amis venus les accompagner. Il n'y avait pourtant rien de risible, lui engoncé pour la première fois dans un costume et cette dame à la chevelure flamboyante constituaient, aussi mal assortis fussent-ils, une preuve de l'existence de l'amour. Même si, une demi-heure plus tard dans le bureau du juge, un autre couple, puis un autre et un autre encore et ainsi de suite toute la journée durant, viendraient les concurrencer. Chaque jour, l'usine amoureuse fabriquait de nouveaux assortiments de figurines. Un copain à elle, qui avait forcé sur la bouteille, lui avait murmuré à l'oreille : « Tu aurais dû faire venir des danseuses ! Tu peux tout louer ici ! Moi, j'ai fait venir des cow-boys pour l'anniversaire de mon fils… » Ils seraient plutôt montés en haut d'une colline, elle dans sa robe écrue et lui dans son costume jamais porté depuis, avec un magnum à la main et les anneaux dorés, ils auraient trinqué au-dessus de la ville pour qu'elle seule, immense, leur serve d'unique témoin, ils auraient savouré le vin, puis échangé des baisers presque ivres et auraient jeté la bouteille au ciel. Le fracas du verre, quelques centaines de mètres plus bas, aurait sanctifié leur union.

Le plus fou dans leur histoire, c'était que Daniel l'avait rencontrée dans une agence d'intérim. Lui adorait se rejouer la scène. Dans un bureau de South Figueroa Street, il avait attendu une heure que son tour vienne. C'était une de ces entreprises basses de plafond où les bureaux se succédaient en enfilade, séparés par des parois de bois coulissantes. La moquette marron peluchait, trop de gens y avaient attendu leur pitance. Ils aimaient les posters là-bas, il y en avait partout, des dessins encadrés vantant des métiers disparus ou des destinations lointaines. Chaque bureau contenait son réservoir d'eau et ses bruyants gobelets. Tout paraissait jaune et kaki, teinté par la lumière horizontale de la rue.

En consultant le catalogue des offres d'emploi, les tests à accomplir et les typologies de travailleurs indiquées sur les fascicules, Daniel, enfoncé dans un fauteuil, avait eu tout le loisir de l'observer. La dame brune aux cheveux longs et frisés recadrait habilement les candidats impolis, ces paumés qui n'avaient rien à offrir mais exigeaient tout en retour. En toutes circonstances, elle s'efforçait de trouver des solutions et souriait. À un moment, un importun la dérangea au téléphone et sa raideur apparut, violente, il n'en fut que plus troublé. Cet être parvenait à plier le monde à sa volonté.

D'entrée, la jeune femme le remercia de ne pas s'être plaint de l'attente. Avec elle, il eut immédiatement confiance. Côté boulot, il prenait le tout-venant, il ne savait pas se vendre dans la mesure où, à ses yeux, peu de choses avaient de valeur et donc un prix. Elle ne tiqua pas, sans doute avait-elle compris qu'il se consacrait tout entier à autre chose, à un objet qu'on imaginait suffisamment décisif à en juger par l'épaisseur du mur qu'il bâtissait entre celui-ci et le reste. De la musique, peut-être, assurément une activité dont elle ignorait encore le nom. Bien sûr, elle ne pouvait imaginer que l'objet de toute cette intensité n'était autre que lui-même et les souvenirs qui le peuplaient. Ce client parlait peu mais observait beaucoup. Le lundi en question, elle portait des bottes de cow-boy aux pieds et sa robe à motifs. Peut-être était-elle une ex-hippie, une fan de musique folk, il ne savait dire. Daniel Stein connaissait mal les femmes ou, pour être plus exact, il ne les connaissait absolument pas. Il n'en avait jamais vraiment fréquenté, sa mère était partie trop tôt et aucun établissement n'enseignait leur maniement. Ce jour-là, il lui sembla entendre de la musique sortir des murs de l'agence, il l'aurait juré. Autour, ses collègues finirent par se lever pour partir, elle les salua en leur assurant qu'elle fermerait le bureau le moment venu. Il était tard, elle n'avait mentionné aucun des postes médiocres que ses fichiers renfermaient et pour se faire pardonner, elle lui proposa de boire un verre à quelques encablures de là. Cela existait donc, la simplicité et la sincérité n'appartenaient pas au domaine de la fiction. Cette femme modifiait le cours des choses, il ne s'était jamais tout à fait remis de cette révélation.

Daniel Stein se foutait du trajet, il pouvait tout aussi bien se mettre à pleuvoir, il continuait de se baigner dans ces années-là. Il conduisait en rêvant, dans cette ville tout le monde le faisait. Autour de leur couple, la magicienne avait immédiatement tracé un cercle. De ce pays émergeaient l'amour physique, ses yeux noirs sans retour, ses plats trop épicés et les engueulades qui en découlaient. Des mets agressifs destinés à le faire sortir de sa torpeur, loin de la nourriture trop riche que ses parents lui avaient donnée en guise d'affection. Il aimait sa musique, il aurait pu danser si elle le lui avait demandé. Pour les vacances, Alex l'emmenait dans des recoins étranges du Nevada et de l'Utah où des paysages à couper le souffle les poussaient à les photographier. Parfois, ils demandaient à des autochtones de les immortaliser devant les montagnes, canyons ou constructions mémorables. Ce devait être cela, l'ivresse, faire avec le sourire ce qui, à un autre moment de sa vie, aurait fait vomir. Très vite, ils avaient emménagé ensemble et il s'était habitué à la profusion de coussins et de tentures. Leur appartement du quartier de Westlake ressemblait à un caravansérail, on y buvait du thé, la nourriture arrivait tout droit d'Asie, du Mexique, d'Italie, de Grèce. La journée, il l'imaginait hôtesse de l'air parcourant le monde pendant qu'il tentait d'ordonner leur délicieux capharnaüm. Il écoutait la radio des heures durant et, juste avant qu'elle ne rentre, il passait l'aspirateur, avec l'appareil lourd comme un char romain, il aspirait les voix et la musique, tout partait au fond du sac avec la poussière. Sa mère à lui lavait bien les choses, elle frottait terriblement, elle lavait autre chose, bien sûr, sa vie et la tache de son mari dessus. Enfant, on comprenait assez vite ces choses-là.

Stein arrosait également les plantes avec le plus grand soin, Alex savait tout des végétaux car elle en était un. C'était la première des oiseaux de paradis, ces plantes tropicales à longue tige, aux feuilles géométriques, surmontées parfois d'un oiseau entier, fleur composée d'un bec bleu coiffé de crêtes orangées. On en trouvait pas mal dans les jardins des résidences et des maisons bien entretenues. Un après-midi de sa vie antérieure où, occupé à ne rien faire, il pensait à elle, il avait cherché le nom scientifique de ce végétal à la beauté hypnotique. *Strelitzia reginae*, d'après un livre de la bibliothèque, il s'agissait d'« une espèce persistante ou vivace bien qu'ornementale ». Depuis que celle-ci, tournée vers le soleil, cachant les couleurs vives de son calice et de ses corolles dans sa masse verte, l'avait élevé quelques mètres au-dessus de ses contemporains, les autres, qu'ils fussent fleurs ou êtres humains, hommes et femmes confondus, ne lui paraissaient plus médiocres mais malchanceux. Des fruits aussi, des fruits de toutes sortes avaient envahi la table du salon, la cuisine et sa vie.

Le bonheur finit par se brouiller comme les œufs, comme la lumière, comme tout. Daniel Stein hurla quand il reçut le coup. Dans le ventre, la douleur puis l'asphyxie. Par terre à cinquante ans passés, filament de vie juste capable de souffrir, plus de souffle, plus de pensée ni de mouvements possibles, petit rien médiocre qui se faisait caca dessus. Quelques mots l'avaient réduit à néant. En position fœtale, pleurant comme un animal, sanglotant des larmes marronnasses. Il avait nié leurs difficultés comme il avait nié tout le reste et cette faculté s'était retournée contre lui. La rupture avec Alex avait pris la forme d'un uppercut au foie. Voilà pourquoi, quand la télévision diffusait un combat de boxe, il scrutait avec la plus grande attention les deux combattants, les mots, les phrases, les vérités qu'ils s'envoyaient. Et tout autour, les gens affalés sur leur canapé, ceux qui avaient payé une fortune leur place à Las Vegas, ceux qui criaient dans la salle, c'était pareil. Les boxeurs encaissaient et rendaient les coups, c'est ça qui fascinait, mépriser ou ignorer cela, c'était ne même pas avoir commencé à traverser la vie.

Le jour de la rupture, une de ses premières pensées, une fois debout, sonné, hagard, avait été pour Ray Mancini, ce poids léger surnommé Boom Boom comme son père Lenny. Daniel l'avait vu à la télévision tuer à coups de poing Duk-koo Kim sur un ring en 1982. Trente-neuf coups de suite, se souvenaient les connaisseurs.

Depuis la phrase fatidique d'Alex, Stein était à la fois le gaucher sud-coréen tombé dans le coma au quatorzième round, mort quatre jours plus tard, et son bourreau. Bien sûr, après sa victoire, le champion du monde WBA vit sa carrière tomber en capilotade. « Il est mort une fois. Moi, je me sens mourir tous les jours », avait dit Mancini qui ne s'était jamais remis de ce combat, pas plus que la mère du défunt, suicidée, tout comme l'arbitre de la compétition. Après ce drame, on avait modifié les règles de la boxe, les combats s'arrêtaient désormais à la douzième reprise au lieu de la quinzième. En amour, en revanche, rien n'avait changé.

La crise commença quelques kilomètres plus loin, sur l'autoroute, parmi le continent des voitures. La fureur de Stein se dirigea non plus vers les flics ni vers lui-même mais tout autour de l'Impala. Au-delà des glissières de sécurité, le relief montait à pic, la quatre-voies traversait une montagne pelée parsemée de touffes de végétation. De tout temps, ces vallées, ces plaines, ces forêts avaient connu différents peuples. Chumash, Apaches, Navajos, Sioux, Cheyennes, Mohicans, Arapahos, Crees, cela lui revint. Lui, sa famille, la ville elle-même, la Californie, le pays, tout en ces lieux avait poussé sur un cimetière indien, chacun s'efforçait de l'oublier. Dans les films, cela ne laissait généralement rien présager de bon. Stein commença à réciter les noms à voix haute. Comanches, Iroquois, Arikaras, Havasupai, Crows, Mandans, il se mit à crier comme eux savaient le faire, il lança des onomatopées. Il les conviait. « Venez, venez tous, je suis revenu. » Eux savaient écouter la terre, ils sentaient les vibrations, ils savaient pour le butin au fond du coffre de l'Impala. Il criait, Stein, il criait comme il ne l'avait jamais fait.

Voilà que depuis sa bagnole il interpelle les autres véhicules. Maintenant, il pleure et rit en même temps. Les flics vont revenir et le foutre au trou. C'est d'autant plus pathétique qu'autour, personne ne prête attention à lui, on le double, c'est à peine si on le klaxonne. Tout à l'heure, en prenant une sortie, il a manqué d'emboutir une camionnette. Je crois bien que c'est la fin, le sujet va se foutre en l'air à cause d'un contrôle d'identité à la con et moi, par ricochet, je vais perdre mon boulot. Les dossiers Stein et Harris vont finir dans la même poubelle. La Pacific s'en remettra allègrement, pas moi. Le pire, c'est que pour Molly, je bosse sur le coup du siècle.

Stein n'avait aucune raison de cesser, l'autoroute continuait sa course au milieu de la vallée, il les appela à nouveau. Mohaves, Yuma, Hopis, Cayuses, Miwoks. Il répéta leurs noms, il poussa des cris très forts dans les aigus. Lui, l'homme sans tribu, conviait les plus obscures à un conciliabule ambulatoire, le premier peut-être depuis un siècle. Pomos, Zuñis, Taïnos, Walapai, Papago. Eux devaient le voir depuis leurs pays lointains, ils se mettaient en branle, ils allaient arriver, leurs chevaux sauvages descendant les collines, envahissant la quatre-voies. Tous suivaient le voleur, l'Indien tardif, le retardataire, le métis, l'hirsute.

*

L'Impala s'est engagée dans une voie adjacente et s'est garée. Qu'est-ce qu'il vient faire dans ce quartier ? On s'éloigne de plus en plus, ces allers-retours m'épuisent, je vais poser des jours la semaine prochaine. Franchement, ce sera mérité. Aucun passant aux alentours, seuls quelques palmiers font le guet, avec au bout de la rue une église, énigmatique et haute. Sur la chaussée, des marques de pneumatiques, un véhicule a évité le surgissement d'un piéton.

L'un derrière l'autre, chacun sur son bout de trottoir, nous faisons face à un bâtiment à l'étrange beauté. Au centre, trois vitraux parallèles montent vers le ciel, chacun surplombant une porte de bois à double battant. Seules les marches d'un escalier creusé à même le sol le séparent de l'intérieur. Bon sang ! À tous les coups, il va entrer... C'est la première bonne nouvelle depuis le début du stress test *! Nous sommes dimanche et Daniel Stein va à l'église. Personne ne l'a jamais signalé, il n'y a rien dans son dossier sur une quelconque croyance religieuse et cette omission pourrait tout changer !*

À l'évidence, Daniel Stein venait de faire irruption entre deux services. Au fond de la salle, un couple de petits vieux chuchotait, quelques femmes latino, légèrement obèses, étaient disséminées entre les rangées. Il aurait dû comme elles se vêtir de couleurs sombres. L'or de leurs colliers et bracelets brillait même là. Les dames portaient des chaussures de sport, peut-être étaient-elles venues en courant. Daniel se souvint soudain que sa mère cousait. Des étiquettes sur ces habits qu'elle raccommodait constamment. L'intérieur de ses blousons s'effilochant sans cesse, ses bras finissaient par percer la doublure, elle en ajoutait aux plus légers comme si elle savait que quelqu'un tôt ou tard s'y réfugierait. En ces lieux, il fallait adopter une résignation habitée. Ainsi, on ne priait jamais seul. Papa bouffait du curé mais maman, il en était persuadé, s'agenouillait en pleine journée dans le salon pour implorer une déité connue d'elle seule de supporter un mari absent et un fils impénétrable. Les scènes dépeintes sur les vitraux s'adressaient à des enfants, leurs couleurs mêmes semblaient tirées d'un dessin animé. Seul le silence l'impressionna. Tout lui parut lisse, préfabriqué, commun, il aurait voulu de l'indélébile, des cascades de diamants, des christs à l'expression saisissante, des corps creusés par la douleur, des épines partout, du bois tordu par les ans. Si quelques instants plus tôt il y avait eu, là, devant lui, une longue boîte sur l'estrade, couverte de fleurs et de pleurs et qu'à sa place demeurât l'odeur de l'autre monde, il en eût été ravi.

Même entre ces murs, le creux que les flics lui avaient enfoncé dans l'estomac ne l'avait pas quitté. Le vieil Angelino n'avait pas atterri là par hasard, il cherchait une forme de réconfort, n'importe laquelle pourvu qu'elle l'aide à faire face au transfert. Et au reste aussi, à l'immense reste. Ce n'était plus seulement le poisson mais le kidnapping, les documents et l'homme à lunettes qui le suivait partout. Il attendait à l'extérieur, d'ailleurs, il se trahissait à nouveau en n'entrant pas. Le lendemain, Daniel allait mettre fin à la comédie de la LACMTA. Malgré ses efforts, il ne parvint pas à prier, il regardait sous le toit l'espace chargé d'aspirer le mal depuis la nuit des temps, il n'y avait rien d'autre que du vide sculpté. À travers cet entonnoir posé à l'envers sur les hommes, rien ne pouvait passer.

Assis sur un banc, l'impie repensa à la glace avalée la veille chez Luigi, à cette parfaite petite portion d'univers, à ses bords arrondis et à son goût de paradis. Il se trouvait là, son miracle, dans ce bloc de sucre, de lait et de douceur. Le monde était suffisamment fou pour que la vie s'incarnât dans un dessert industriel et renaisse avec lui. Des larmes apparurent au coin de ses yeux bleus, le goûter d'antan et de la veille ressortait là-haut, par la tête, l'homme voûté pleurait de la neige assis sur le banc. Le doux liquide blanc gouttait sur le sol, cela ne cessait pas, quelque chose se vidait. Il en avait partout, il fuyait, il fondait, on ne pouvait dire. À ses pieds, il y aurait bientôt une flaque de cette part de lui disparue. Daniel Stein commençait seulement à comprendre, ce putain de poisson qui l'occupait depuis sa noyade, c'était l'enfance perdue, l'espace béant qu'elle avait laissé en lui.

Stein ne ressort pas, qu'il reste le plus longtemps possible à l'intérieur. Plus il croit, plus il est solide et plus il est solide, plus il a de chances de signer. Nous, les chrétiens, sommes pénitents, nous souffrons avec le sourire. J'en ai vu d'autres vivre avec un truc dans la gorge mais eux se contentaient de le cacher, au mieux ils le faisaient radiographier par des professionnels. Lui, depuis des années, il lui parle, il l'apprivoise, il a trouvé un système de défense. J'ai sous-estimé le chauffeur de la ligne 2. Il a la foi, quelle que soit sa congrégation, baptiste, pentecôtiste ou autre chose, il n'y a pas de meilleur signe de stabilité. À tous les coups, il croit en Dieu pour emmerder son père communiste. L'énergie, il l'a déjà retrouvée, d'où ses récents dérapages, mais maintenant, avec un socle spirituel et une direction à suivre, il peut aisément accepter de bosser la nuit. Et à moi, le million !

La glace fondue avait envahi l'église, c'était beau, tout ce blanc, ce blanc de banquise légèrement vanillé. Daniel Stein comprenait, enfin. On aimait trop tard, on parlait trop tard aussi quand on parlait. Les hommes surtout s'occupaient trop tard des choses importantes et celles-ci le leur faisaient payer en retour. Les femmes, elles, étaient dans les temps. Lui avait laissé passer son tour il y a longtemps, au moins venait-il de comprendre cela. À présent, il voyait clair. À cet instant-là, s'il ouvrait grand la bouche, on ne verrait plus dépasser l'animal à tête renversée. Ils étaient libres, chacun parti loin de l'autre. Désormais, les hiboux pouvaient hululer la nuit, l'appeler de toutes leurs forces, le chauffeur n'irait pas les rejoindre, il continuerait de ressusciter.

Vous l'ignorez peut-être mais vous êtes face à un cas particulier, très particulier. Je peux d'autant mieux vous en parler que j'ai suivi M. Stein pendant une dizaine de séances. J'aimerais tout d'abord apporter quelques précisions. Ses dernières actions, bien qu'une part nous en reste inconnue, sont, semble-t-il, celles d'une personnalité en train de résoudre une problématique très ancienne, et ce, en un laps de temps très court. Habituellement, un patient dénoue les conflits qui l'agitent à la suite de dizaines de rendez-vous, cela prend des années, des décennies. D'autres individus continuent simplement de tourner autour, cela a d'ailleurs été le cas pendant nos consultations. Désormais, la situation semble tout à fait différente. Je crois qu'il s'agit d'un cas de « libération anticipée ». À dessein, je n'emploie pas la nomenclature habituelle mais un néologisme destiné à vous faire comprendre au mieux son cas.

À l'évidence, Daniel Stein est occupé par un conflit ancien. Celui-ci n'est pas visible au premier abord et si vous interrogez ses proches, peu d'entre eux l'auront identifié. Votre sujet d'enquête a, depuis assez jeune, je pense, construit autour de lui une forme de carapace. Pas une armure solide, épaisse et lourde, plutôt une sorte de gangue impalpable, transparente, invisible, qui met à distance le problème et qui, de surcroît, en éloigne les autres. Imaginez un écran d'air solidifié... Vous fréquentez un ami pendant des années mais, sans vous en rendre compte, vous ne l'approchez jamais tout à fait. Grâce à ça, il met tout à distance et vit assez confortablement.

Ce conflit originel a évidemment à voir avec ses parents. Pour résumer, Stein en veut à son père, il lui en veut beaucoup. Il lui reproche d'avoir écrasé sa mère et il l'estime responsable de sa maladie, un cancer, si ma mémoire est bonne. Vous noterez qu'il ne reproche pas à son père de l'avoir lui-même étouffé. Ce qui est pourtant, selon toute vraisemblance, le cas. Chez lui, cela passe par le truchement maternel. Ça l'a poussé assez vite à prendre ses distances avec sa famille puis avec le monde, c'est sa manière de se protéger.

Seule son ex-femme a réussi à casser la gangue. En faisant confiance à celle-ci – ce qui constitue un effort énorme pour une telle personnalité –, Stein ne s'est pas pour autant ouvert au reste de la société. Elle seule avait la clef et il demeurait fermé à tout le reste. C'est, je crois, ce qui a précipité la fin de leur histoire, à cause de son échec à trouver un travail ou plutôt à saisir ceux qui se présentaient. Bien sûr, Stein ne se voit pas reproduire le climat de violence familiale hérité du père honni. Son père avait tué le couple en le dominant, lui l'a fait en s'en absentant. Et pire que cela, la violence du père, il l'exerce, lui, à sa façon, contre lui-même.

Vous avez raison, Mme Thompson, ex-Stein, évoque un accident survenu une dizaine d'années après leur rencontre comme l'élément déclencheur de leur rupture. À l'époque, l'accident a ouvert une fissure. Pour la première fois, Daniel a compris que sa carapace ne le protégeait plus. Ses priorités se sont inversées : lui qui s'était tu pendant des décennies a éprouvé le besoin de parler. Non pas aux autres ni à sa femme partie mais à lui-même. Ou du moins à l'enregistreur. Il s'est mis à fouiller son passé, il cherchait à dépasser la fêlure provoquée par l'accident. J'ai ainsi été doublé sur mon propre terrain, et par une machine en plus, c'est un cas peu commun dans l'histoire de la psychiatrie ! À vrai dire, il n'avançait pas. Ni avec moi ni, je pense, auprès de la machine.

Voilà, ce long développement m'a paru nécessaire avant d'évoquer votre situation. Sachez que Daniel Stein ne m'a pas contacté, je n'ai aucune information sur où et comment le trouver. En revanche, je dirai que, d'après ce que vous me racontez, quelque chose lui a récemment permis de dénouer le tout premier nœud, le familial, sa relation violente au père, mais aussi le second, l'accident. Stein, apparemment, a résolu l'homme qu'il était avant, le muet dans sa bulle et celui d'après l'accident, l'homme blessé qui s'ausculte.

A-t-il connu ces derniers jours un nouveau choc qui pourrait expliquer cela ? Je l'ignore. Dans son cas, je ne crois pas à une disparition et, quitte à vous décevoir, je ne vois pas de drame ici mais plutôt l'aboutissement d'une quête. Il est très rare qu'un individu aille ainsi jusqu'au bout de lui-même, c'est même assez encourageant. Ne vous méprenez pas sur mes propos mais je trouve ça tout à fait éclairant. Par deux fois, cet homme qu'on disait hors du monde, hors de la société, s'est libéré. Qui, au final, de vous, de moi, peut en dire autant ?

Entretien avec Otto Crawford, psychiatre à la clinique Harbor-UCLA, le 7 novembre 2017.

Jour 5

Le Nord

Au centre de la trappe ouverte, un escalier étroit plongeait sous la surface. La première fois que Daniel Stein avait visité la maison, l'agent immobilier avait affirmé sur le ton de la plaisanterie que l'espace souterrain à la forme cubique pouvait servir d'abri antiatomique. Ce trentenaire blond portait ce jour-là une cravate ornée de personnages de dessins animés, ce qui faillit lui faire annuler le compromis de vente. Bien que Daniel appréciât le fait de disposer d'une bulle creusée à même la terre, il y entrait rarement. Il aurait pu y entasser vivres et outils, certains de ses collègues le faisaient, lui se contentait d'y cacher un trésor de papier.

Personne à l'exception d'Alex ne connaissait ces possessions enfermées dans une boîte hermétique. D'autres vieux célibataires collectionnaient des instruments de musique, des armes, des œuvres d'art, lui se contentait d'une caisse renfermant des mondes. Les visages, avec leurs mâchoires larges, percés par un regard intense réalisé en deux coups de crayon, leurs globes oculaires, enfoncés profond dans la boîte crânienne, elle-même carrée, suffisamment solide pour casser d'un coup de tête un arbre centenaire, étaient étrangement expressifs. Très vite, Stein retrouva une caractéristique notée enfant : on voyait rarement les traits séparant les dents des héros. En revanche, il n'aurait su dire si ces êtres, monstres, cyborgs, robots et extraterrestres possédaient une silhouette anguleuse ou arrondie, leur créateur les avait forgés au marteau et ils en tiraient une force infinie. Derrière les statues musculeuses ne cessant de se mouvoir, de pousser des cris, de forcer des portes, de frapper ou d'éviter des déflagrations, il voyait des divinités inquiètes.

Le vieil homme était heureux à leurs côtés. Comme ces créatures, il se tenait en équilibre entre les mondes, il ouvrait les pages au hasard, happé par les dieux, les races primordiales, celle des *Homo immortalis*, les Éternels, eux-mêmes nés d'une expérience menée par les Célestes venus occuper la Terre il y a un million d'années. Les Déviants luttaient contre les Éternels et il n'avait jamais su quel camp choisir. Dans un volume, il chevaucha des dinosaures rouge vif et usa d'armes aussi sophistiquées que des poèmes. Des soleils entraient dans la gueule des monstres et certaines créatures, tout en tentacules, sortaient littéralement du cadre des pages. Le cosmos n'avait jamais mieux mérité son nom et Stein survolait ces univers effondrés, paysages de tuyaux et de soufre, temples envahis par des liquides nouveaux, cieux traversés par d'immenses vaisseaux et des héros de toutes sortes. Leurs noms mêmes lui lavaient l'âme : Mister Miracle, Kamandi, Ikaris, Kronos, Apokolips, Odin, Thor, Hela, Apocryphus, Elektryon, Loki… Partout la lettre *K*, première du nom et dernière du prénom de l'architecte, Jack Kirby. Daniel Stein aurait aimé avoir été son fils, paladin traversant les mondes, en croisade, aussi beau qu'halluciné.

Si le reste de l'humanité croyait que l'homme avait marché sur la Lune en 1969, lui en avait déjà foulé la face cachée, les terres inhospitalières de la planète Mars, les anneaux de Saturne, Asgard… Il avait absorbé la lave, les rayons, les aurores et les sorts, les déflagrations anciennes et futures. Courbé sur sa chaise, le lecteur descendit d'un étage supplémentaire au fond des cases, s'attardant sur la trame du papier et les traits de l'encreur. Depuis son enfance, ces pages, ces cases, ces bulles, ces traits, ces encres avaient pris soin de lui. L'accident ne lui avait pas enlevé cela. Réduit à sa condition de simple mortel, ni enfant, ni adolescent, ni adulte dans ces moments-là, Daniel n'était plus personne.

Une fois remonté à la surface, l'ami fébrile des héros secoua sa carcasse comme si quelques poussières d'étoiles l'avaient maculée. Dans la cuisine, il se contenta d'un grand verre d'eau en guise de petit déjeuner. Il lui semblait manger de moins en moins. Stein n'avait pas verrouillé la trappe menant à la cave, l'or serait désormais à portée de tous.

*

Dans une avenue en contrebas, une voiture de police passa toutes sirènes hurlantes, bientôt suivie par une autre. De cette terre qu'on avait dit nouvelle continuaient de sourdre le crime et la fiction, le kidnappeur de documents ne croyait ni à l'un ni à l'autre. Il n'irait pas dans le putride

Mexique comme ne manqueraient pas de le lui conseiller Johnson et Gomez, tous les criminels fuyaient par là. Au-delà de la frontière, le brasier ne prenait fin qu'avec les glaciers faisant face à l'Antarctique. Il ne se rendrait pas non plus dans l'Europe aux parois des grottes peinturlurées de mammouths et de chevaux. Depuis des millénaires, les humains y mouraient les armes à la main, au Moyen Âge déjà on y construisait les châteaux autour des douves et des oubliettes. Plus tard, les guerres avaient creusé encore plus profond, les nations succédant aux tribus, nulle part il n'y avait eu de massacres plus grands. L'art pariétal s'était niché jusque dans leurs tombeaux, aujourd'hui encore les touristes se pressaient pour photographier les traces d'ongles à Pompéi, Verdun ou Auschwitz, quand ils n'allaient pas à Venise assister à la noyade de la ville. Lui, Blanc fébrile parlant cette langue que la planète entière prétendait pratiquer, incarnait leur lointain descendant débarqué d'un navire ancien, sale, ployant sous les valises et les maladies. Là-bas, il n'aurait pas la force d'ouvrir les portes des maisons, lourdes et épaisses, grinçantes, toutes contenant des cris. À Los Angeles, on n'entendait que le bruit mat et rassurant des portières de voiture. Daniel Stein, individu neuf, lavé de tous ses crimes, n'avait plus rien à faire ici. Puisqu'il ne disposait plus que du poste de pilotage de la Chevrolet, il allait s'en servir. Comme dans *Blue Caprice*, elle serait son arme.

En passant devant la Pio Pico Library, son Impala bifurque sur la droite pour s'enfoncer dans le parking à l'arrière du bâtiment. Je fais de même et je me gare dans son axe de vision. Pourquoi cette bibliothèque ? Il n'est inscrit dans aucun des établissements de la ville. Soit il va, comme les étudiants, les personnes âgées, les inactifs, passer la journée au frais, soit il va regarder les offres d'emploi sur les ordinateurs laissés à disposition. Il est vrai qu'avant, il avait Alex pour ça.

Je laisse un peu de temps au pénitent. En bon ignorant, je me suis réjoui de cette foi retrouvée à l'église, j'ai même connu quelques minutes de félicité jusqu'à ce qu'une fois à l'intérieur, je tombe au milieu d'une rangée de sièges sur une large tache blanche. De la crème glacée. Dans un lieu saint. À même le sol ! Le salaud avait vomi. À chaque fois que j'espère, il me trahit.

Les jeux sont faits. Il ne reste qu'une journée avant la fin du stress test, *et si dans mon rapport je catalogue Daniel Stein comme borderline, malade ou dingue, tout capotera. Jamais le comité de direction ne misera un kopeck sur la LACMTA en s'appuyant sur un cas pareil au moment où elle entame une réforme aussi périlleuse. Pire, si je l'estime apte à supporter le transfert pour toucher la prime et qu'après les autres chauffeurs transférés déraillent, c'est moi qui sauterai.*

Au fond de sa bouche, il n'y avait plus rien que sa langue. Enfermé à l'intérieur des toilettes face au miroir, Daniel Stein s'efforçait de ne pas penser aux livres rassemblés de l'autre côté de la cloison. Les mots de son père, ceux qui avaient pris la place de la vie même, dormaient là. Il avait autre chose en tête, un crime d'une dimension supérieure. Pas un délit, un poème plutôt, une ode. Jamais les idées ne lui étaient venues aussi rapidement. L'annonce du transfert avait été un électrochoc et il lui fallait bien l'avouer, elle avait remis du courant dans ses veines.

Daniel Stein se déshabilla et commença à se tâter, il lui fallait vérifier une chose. Lorsqu'un hôpital recevait le corps d'un défunt pour un don d'organes, le premier geste du personnel médical consistait à chercher les ganglions révélateurs des défauts les plus grossiers. Sous les bras au niveau de l'aine, près de la gorge, derrière les oreilles, à proximité du scrotum. Partout où pouvaient se loger les corps intrus. Debout, le pantalon sur les chevilles, l'homme s'ausculta comme un boucher le faisait avec la viande avant d'en couper un morceau. Le patient sourit, il était apte.

Sur le parking de la bibliothèque, on tapa encore une fois à la vitre de la Chevrolet. Pas de gant de cuir noir, cette fois-là : une sorte de singe à l'épaisse fourrure brune et un robot de couleur blanche brandissaient des armes futuristes dans sa direction. Les flics ne se déguisaient pas et ils étaient de bien plus grande taille. Stein ne rêvait pas, on le mettait en joue. Il baissa la vitre, les deux créatures s'approchèrent, elles demandèrent timidement des bonbons. Des bonbons ? Il comprit tout à coup : Halloween… Avec le transfert et l'espion à ses basques, il n'avait pas vu les signes, la plus grande fête de l'année avait commencé sans qu'il s'en aperçoive. Confus, il chercha son portefeuille et en tira un billet de cent dollars. Les deux compères, sans doute la progéniture d'habitants du quartier, lui dirent que c'était trop. Il lui semblait voir leurs visages sourire sous les masques. Stein ne put leur expliquer qu'il se faisait pardonner sa propre amnésie. Il plaça le billet dans la patte du singe et referma sa main dessus, les poils étaient étrangement doux. Chacune des créatures le remercia en balbutiant. Les larmes aux yeux, il leur souhaita bonne chance et leur dit que l'homme à lunettes occupé à les regarder depuis sa voiture était, lui, vraiment plein aux as.

Ainsi, la LACMTA le transférait un jour férié, l'humiliation ne cessait jamais. S'il voulait arriver à l'heure pour son premier vol en tant que hibou, il n'avait plus que deux heures pour rejoindre le dépôt. Il ne partirait pas, Stein ne travaillerait pas ce soir-là, ni plus jamais. Il avait mieux à faire, c'était aussi simple que cela, le chauffeur de la ligne 2 ne tournerait plus en rond, il irait tout droit. Il avait son plan, le poème. Tout à l'heure, son bus quitterait le dépôt avec un léger retard, le temps qu'un intérimaire descende du premier étage. La ville et la vie continueraient comme avant. Les virages du treize tonnes seraient laids, voilà tout. Le petit singe et le robot, leurs voix déformées par les masques, la douceur de leurs yeux bruns au cœur des choses humaines, Daniel Stein n'oubliera plus rien.

*

En sortant du magasin le soir même, le déserteur n'osa pas étaler la carte routière sur son capot, on le croirait perdu, cela attirerait les bons Samaritains. Il la déplia dans l'habitacle, grande, vaste, contenant tous les secrets. Sur son carnet, il nota le nom de chaque forêt dans un rayon de cinq cents kilomètres, sa surface approximative et l'altitude de son point le plus élevé. Il fallait que ce soit une ascension.

Le pilote de la Chevrolet allait quitter la lumière jaune pour le vert profond, du vert si reculé qu'il pouvait rendre l'homme invisible, du vert qui entrerait par ses yeux et sa bouche et l'étoufferait, du vert qui le réduirait à néant, du vert comme une guerre, du vert comme si le continent vomissait. Au-dessus de lui à travers le pare-brise, le ciel virait au violet. Là-bas, la terre allait se charger d'orages, bientôt le ciel serait plus lourd qu'une armée de trains. Il quitterait le bleu, ce bleu plus délavé qu'une page de magazine restée sous la pluie. Stein voulait du vert qui se passait de soleil, du vert qui ne faisait qu'un avec la pluie, et lui, minuscule au pied de tout cela, lui se fondant dedans, disparaissant dans les infinies lignes droites des arbres, leur laissant la place. Fini le bruit, ne plus entendre que les bruissements, les souffles.

L'explorateur choisit un lieu au nom signifiant une forme d'extraterritorialité, à la surface la plus grande possible et disposant d'un sommet élevé : la forêt du parc national de Los Padres. Il en observa un long moment le dessin, parcourant chaque détail de la zone, il lui faudrait des jours pour en atteindre le centre si ce mot pouvait avoir un sens là-bas. À une cinquantaine de mètres, des pingouins, ces gros oiseaux boiteux semblant toujours attendre sur la banquise un événement qui ne venait jamais, avançaient sur le trottoir d'en face, dodelinant sur le sol chaud. Autour, personne ne s'en étonnait. Surtout pas Stein qui, bien que fiévreux, en était désormais certain, il n'avait jamais perçu la comédie de la vie aussi distinctement. Ce petit bataillon se dirigeait vaillamment vers l'océan et lui vers son igloo aux murs rouges.

Il dort chez lui, malgré tout ce qui se passe, il fait la sieste. Pendant qu'il ronfle, je fouille sa Chevrolet de compétition dont il ne verrouille même pas la porte. Aucune assurance ne le remboursera en cas de vol, tout le monde sait ça, bon sang ! J'ai bien fait, cette brève exploration valait largement le coup. Sur le siège passager, j'ai retrouvé une carte routière avec en son centre un grand coup de feutre sur une immense zone verte. Los Padres ! Hier déjà, il n'a pas pris son service, c'est le premier jour de boulot qu'il manque depuis son embauche, la LACMTA va tilter. Soit il est vraiment malade, soit il met un coup de pression à sa hiérarchie. C'est vain, sans avocat, son absence ne leur fera aucun mal. Il m'aura vraiment tout fait, la prostitution, la conversion catholique qui se transforme en blasphème et maintenant la fuite ? J'ai vérifié : dans ce parc national, il n'y a rien, absolument rien, huit mille kilomètres carrés de montagnes avec des condors au-dessus. Un nouvel ulcère vient de s'ouvrir. La visite à la pute, à son père, la révision de la voiture... Daniel Stein ne pète pas les plombs, il se prépare, il vient de recharger les batteries.

Il était revenu chez lui, ignorant qu'il s'agissait de la dernière fois. Stein rangeait, il classait le peu d'affaires qu'il possédait ; ce maniaque de la propreté de Gomez aurait apprécié le geste. Du fond de la penderie, il sortit deux boîtes à chaussures juchées sur la dernière étagère. La première contenait une blouse autrefois blanche, désormais beige et chiffonnée. À la surface du tissu, on distinguait les pliures que lui avait imposées l'enfermement toutes ces années. Toute sa carrière, le professeur Stein l'avait portée, en classe, dans son bureau, dans les couloirs des écoles et de l'université qui l'avaient employé – « une seconde peau », avait un jour dit son épouse. Dans l'autre, une paire de chaussures, de larges derbys d'un cuir marron épais semblant pouvoir tenir jusqu'à la fin des temps. Anthony Stein marchait dans la vie ainsi, sur la vie aussi et sur plus de choses encore. Étonnamment, son fils aimait ces reliques d'une histoire lourde de ciels bouchés et d'orages qui n'éclataient pas, il allait les laisser là, peut-être ceux qui les trouveraient emporteraient-ils ces increvables brodequins et cette blouse de coton à laquelle il ne manquait aucun bouton. Des morceaux de temps, les hommes n'étaient que des morceaux de temps, l'esprit occupé à tout autre chose, ils avançaient ainsi. Lui, l'attardé, avait réussi à étirer son enfance jusqu'à devenir le plus vieil enfant du monde. Alex aussi, à sa manière, y avait contribué. Et depuis peu, il était devenu un adulte prêt à tout. Adulte au sens où l'entendaient les autres, il ne l'avait jamais été, ça, chacun autour de lui le savait mais lui ne le comprenait qu'à présent. À soixante ans passés, à l'âge où l'on renonçait à son bonheur pour se concentrer sur celui des autres, celui des enfants de ses enfants, lui commençait tout juste à découvrir le sien. Et puisque tout passait encore et toujours, il pouvait entamer dorénavant la visite qu'il redoutait le plus, celle d'avant le poème, d'avant la symphonie.

*

Il connaissait mal ce quartier. Les demeures y étaient boursouflées, pastel, les jardins ornementaux. Surtout, la plupart étaient posées sur de ridicules monticules, pas les véritables montagnes ceinturant la ville mais de simples excroissances de carton-pâte recouvrant carrières et cavités, des grumeaux, tout sonnait creux dans ce coin-là. Déjà à l'époque, elle ne vérifiait jamais qui sonnait à la porte. Son visage avait légèrement vieilli mais sa peau avait doré, le soleil l'avait toujours aimée. Alex, celle en qui il avait cru avant qu'elle ne cesse de croire en lui, portait devant sa nouvelle demeure une tenue qu'il ne lui connaissait pas. Une robe à fleurs hypnotiques. Daniel Stein était vêtu de la même chemise au jaune passé, il avait laissé tomber ces choses-là. Alexandra paraissait toujours aussi belle, son visage anguleux au contour légèrement creusé exprimait une sagesse nouvelle. Ses yeux bleu nuit s'acclimataient mal à sa présence.

– C'est toi ? Eh bien, je ne croyais plus jamais te revoir. Qu'est-ce qui t'amène ? Je te connais, tu n'es pas venu jusqu'ici pour rien.

Dans l'entrebâillement de la porte, un simple couloir aux murs blancs avec des petits cadres et un portemanteau. Il y avait des visages sur les photographies, il n'arrivait pas à les distinguer. Tout autour, la villa, d'un genre espagnol avec des tuiles rouges et des encadrements de fenêtres arrondis, était bien trop vaste pour abriter une seule personne. Il pressentait la piscine ou le jardin de l'autre côté.

– Je voulais te revoir et te parler d'une chose…

Stein n'avait pas dit « une dernière fois », il improvisait et les mots venant à sa bouche ne correspondaient pas à ceux qu'il fallait prononcer. Soixante-deux ans à tourner sa langue et il redevenait soudainement adolescent. Pourtant, il allait mieux, il avait cassé la porte, la gangue, les barreaux de la cellule.

– Tu as donc un truc à me dire. Qu'est-ce qui se passe ? Il y a du nouveau ? J'ai quelques minutes, je t'écoute.

– Je voulais que tu saches que je suis en train de faire la paix avec moi-même. J'ai beaucoup réfléchi et j'ai compris… Tu sais ce jour-là sur la plage, cette histoire de noyade et d'enfant…

Son visage se durcit, c'était trop tôt, il savait la lire et craignit le pire. Il aurait dû commencer par lui parler d'elle, en lui posant des questions sur sa vie, sur toutes ces années, sur le bonheur qu'elle avait de nouveau réussi à fabriquer de ses mains, il fallait toujours commencer ainsi. Comme tous les débutants, Stein aurait dû répéter, s'entraîner, il n'était pas prêt.

– Mais Daniel, de quoi, de qui parles-tu ?

Elle ne pouvait pas avoir oublié, elle faisait semblant. Sur le seuil de la villa, il dut déballer son paquet comme un coursier. À chaque guerre, les familles des soldats défunts frappaient les militaires porteurs de mauvaises nouvelles, Daniel Stein, vétéran blessé, sentit les coups poindre, il regrettait déjà.

– Je sais que tu m'en as toujours voulu et que tu m'en veux encore, que tu es partie à cause de ça. Mais l'accident n'est pas ma faute, j'ai failli me noyer en voulant sauver cet enfant. Et après, tu m'as laissé vivre avec ça sans jamais me reparler. Maintenant, je sais vraiment ce qui s'est passé, je vais t'expliquer...

– Daniel, tu ne vas pas recommencer. Il n'y avait pas d'enfant ce jour-là dans l'eau ! Tu l'as imaginé ! Tu te rends compte que tu as failli mourir pour rien ? Tu veux mon analyse ? Tu as fait cela parce que tu sentais que j'allais partir. Et puis d'enfant, il n'y en aurait jamais eu entre nous. Encore une de tes chimères. Tu crois que je n'ai pas compris le message ? Ce drame ridicule, c'était ta façon d'exiger un môme ! Daniel, tu étais trop immature et trop égoïste pour élever qui que ce soit. Je l'ai su quand tu as acheté ta satanée machine juste après.

Elle le croyait inchangé. Les gens pensaient les autres faits de pierre ou d'acier alors que, fait de guimauve, chacun fondait au moindre coup de chaud. Lui ne contenait rien de tout cela, il était devenu un autre mais personne ne l'avait compris. Alexandra était prête à l'époque, ils en avaient parlé, il se souvenait de conversations dans leur chambre, des mots et des prénoms d'enfant qui se détachaient dans l'obscurité. Il les avait notés dans un coin de sa tête, pas elle.

– Alex, est-ce que je peux entrer ? C'est compliqué pour moi de parler de ça comme ça, ici. Ce sont des choses très…

– Non, non, non, tu ne peux pas entrer, je n'ai pas le temps et ce n'est pas le moment. Tu réapparais comme par enchantement alors que toutes ces années, tu n'as pas passé un seul coup de fil, pas un... Ni écrit une lettre. Moi, j'étais joignable, tu avais toutes mes coordonnées. Et là, maintenant, tu veux choisir de quoi on parle et où ça t'arrange ?! Et puis ça sert à rien de remuer tout ça.

Tout était à refaire. La bouche qu'il avait adorée crachait du pus et, encore une fois, c'est lui qui allait passer pour un dingue. S'il ne partait pas immédiatement, la nouvelle famille d'Alex allait sortir sur le palier et le filmer avec un téléphone, il se retrouverait sur tous les écrans du monde. Son ex-femme avait recomposé le réel, il s'attendait à tout sauf à ça.

– Mais j'ai compris ce qui s'est passé dans l'eau ! J'étais seul, oui, j'étais seul ! Tu as raison. Enfin, presque seul, je vais te dire, je sais qui est tombé dans l'eau, je suis remonté jusqu'à...

Elle n'écoutait plus, son visage s'était fermé. Le vieil homme en chemise jaune n'insista pas, il n'avait jamais insisté. Stein avait cru à l'aveu car il n'avait jamais été aussi solide. Comme Bruce Lee et son un pour cent de masse graisseuse, il était sec. Sec comme un vieux raisin. Devant sa porte, la maîtresse des lieux et des mots le regarda s'éloigner. À l'intérieur, elle allait raconter sa version aux autres, en faire un oratorio. C'était elle, la folle, la folle en robe à fleurs vénéneuses qu'il aurait fallu filmer et montrer à un jury populaire, la justice savait punir ce genre de déni.

*

Il lui fut d'autant plus facile de s'échapper à l'aube du septième jour que la ville était prise dans le brouillard, un brouillard dense venu jusqu'à elle ce matin-là pour présider à la fin de sa nuit. Malgré le froid, l'Impala démarra du premier coup, le coffre à peine rempli, Daniel Stein n'avait pas besoin de grand-chose. Avant de partir, il fit longtemps chauffer le moteur comme seuls les possesseurs de voitures anciennes prennent le soin de le faire. Au bout de sa rue, les feux de circulation continuaient de s'allumer pour rien, indifférents à l'absence de véhicules, comme les chevaux et les ânes broutant à la campagne dans la purée de pois. Cette matière nébuleuse enserrant Los Angeles au moment où il la quittait, c'était ce dans quoi le reste de la cité flottait le reste du temps, ce qu'il y avait dans leur tête, ce qu'ils produisaient dans leurs films, dans leurs émissions.

Il filait en douce, conscient de laisser derrière lui la terre qui l'avait vu naître et survivre pendant si longtemps. Le brouillard formait le signe, vaste, immense, profond que la métropole tirait elle aussi sa révérence en lui offrant de masquer son évasion. Dans ce nuage, elle fermait les yeux tandis qu'il tatouait une fois encore ses artères désertes du bourdonnement sévère du V8. À cette heure-là, sa maigre fortune, quelques milliers de dollars chèrement économisés, devait parcourir le monde sous la forme de lignes de code, changeant de main à chaque seconde. Il aurait dû se sentir léger, toutes ces années, mais il n'avait pas appris cela. Au coin de San Vincente Boulevard et de la 7e Rue, une voiture de police stationnait à l'affût, gyrophare allumé ; à l'intérieur, deux policiers qui n'étaient pas ceux du skate park. Le Léviathan le laissait partir en paix. Tous les éléments constituant Los Angeles, blocs, lignes, voies rapides, échangeurs, allées, parcs et collines peuplées de villas, se détachaient de l'arrière de l'Impala, les immenses pixels tombaient lentement à la renverse, s'écrasant on ne savait où.

Peu de gens restaient liés à la terre qui les avait vus naître, en l'absence d'ancres suffisamment lourdes ils dérivaient. Pour Daniel Stein, l'élastique de la LACMTA avait rompu, il ne restait que filaments, rubans, des liens mais aucun cordage, pas de câble ni d'amarre. Son identité même ne tenait pas à grand-chose. Qui connaissait son prénom ? Une douzaine d'individus tout au plus, à l'échelle de l'humanité, personne. Une seule fois, il avait parlé de ses problèmes à son père : en rentrant de l'école, l'enfant assis sur le canapé les genoux en dedans lui avait demandé pourquoi il n'était pas populaire auprès de ses camarades. « Dans chaque classe, il y a des enfants que la majorité aime moins que les autres. Dans cette classe, cette année, c'est toi. » Anthony Stein parlait ainsi, comme une guillotine.

Sur le côté de la route, un long camion manœuvrait pour livrer du matériel de piscine. Eux n'en avaient jamais eu, sa mère aurait aimé, sans doute. Elle était pourtant percée, la ville, pleine de trous dissimulés par des palissades et les façades. Au dernier décompte, 43 123 cavités remplies d'eau bleutée. Adolescent, il allait nager chez les autres, c'est là qu'il avait bu ses premières bières, autour du rectangle bleu envahi par la musique trop forte. À présent, il voulait nager sans la couleur azur, tout en dessous de l'eau, coupé du reste du monde, nager dans la métropole en son absence, longtemps, sans toucher le bord.

Autour de lui, il n'y avait presque pas de circulation, il n'y avait que les odeurs, la figue du matin, le jasmin, des pointes de citron ou d'orange, il ne savait plus. Sa tournée des vivants avait pris fin et le décor tombait en morceaux. Ne rien avoir construit ne protégeait pas des effondrements, bien au contraire. Daniel Stein n'avait plus rien à éventrer, sa carrière de kidnappeur ayant pris fin après son coup de maître, il n'avait plus qu'à réaliser le poème. Il irait donc vers le nord, vers la forêt et la métamorphose.

Par moments, il conduit les yeux fermés et ne les rouvre qu'à l'approche des carrefours. Personne n'a jamais osé faire ça sans être sous l'emprise d'une drogue et lui le fait le plus naturellement du monde. Sur notre droite, les falaises du Pulga Canyon, envahies par les premiers rayons rasants du soleil, nous laissons derrière nous Pacific Palisades. Au bout, plus loin au creux de la vallée du même nom, un pont suspendu. Stein n'a jamais été aussi matinal, dans quelques minutes nous atteindrons Malibu. Mon sujet accomplit un rêve, il n'est plus joignable sauf à entrer en collision avec lui.

J'ai bien compris : il ne reviendra pas piloter son bus, il ne signera pas l'avenant. Impossible de convaincre la Pacific que le reste des chauffeurs va, contrairement à lui, signer sans broncher. La prime, je l'aurai pas, ni même d'augmentation de fin d'année et encore moins la maison dans les collines. Autour de nous, le brouillard se dissipe, il faut faire attention aux restes de purée de pois. Je suis né prudent, c'est pour ça que la Pacific m'a recruté et m'a confié cette mission. Quel échec ! Au final, moi aussi, j'ai subi un putain de stress test, *il m'aura fallu une semaine pour le comprendre. Si ça se trouve, la direction a monté ce dossier rien que pour tester mes capacités, ça s'est déjà vu, des pièges pareils.*

Le soleil trônait là-haut au-dessus de tout. La route 1 avait rallongé le trajet d'au moins une heure mais la Chevrolet et lui n'y trouvèrent rien à redire, au contraire, ils ronronnaient de plaisir. Sur le bas-côté, une succession de plages désertes lui tendait les bras, Stein ne céda pas. Le bruit de la mer murmurait comme ce jour-là, elle avançait et déposait une large langue d'écume en contrebas. Il devait être le seul autochtone à haïr la civilisation de la plage, les gens occupés à cuire des heures durant avant de ramener du sable partout, dans les vêtements, dans les plis du corps, les maisons, les bacs de douche, les draps, ils transportaient avec eux le désert qui finirait par envahir toute la Californie. Le vent se levait, les corps fuselés des surfeurs rejoindraient bientôt les mouettes.

Ce fameux jour lorsqu'il s'enfonça dans l'océan, il avait emmené là-bas sa vieille et lourde enfance, son boulet, plus loin que les filets d'eau où les autres barbotaient, peut-être avait-il voulu lui montrer l'étendue et la puissance du Pacifique. À quelques dizaines de mètres, ils étaient restés stationnés ensemble, subjugués par le ciel et l'eau qui les écrasaient contre eux jusqu'à ce qu'ils aient froid. Il fallait rentrer mais les vagues plus fortes le gênaient, il avait du mal à la tenir, elle s'agitait, la mer ne lui avait jamais paru si glacée et oppressante, elle les tirait vers le bas. Soudain, une crampe le saisit au mollet droit, il prit peur, il n'avait pas pied. À cause de la nuit d'hiver qui montait, le mauvais nageur qu'il était avait lâché son compagnon.

Sur le sable, le nageur était revenu à lui à demi noyé, encerclé par Alexandra et les gens. Leurs questions se mêlaient aux rayons du soleil, tous cherchaient une explication, un inconnu lui tâtait même le corps. Daniel Stein avait du sable dans la bouche, du sel, il avait laissé échapper un morceau de lui-même, pas d'enfant en chair et en os comme il l'avait cru, ni le sien tant attendu ni celui d'un autre nageant là, mais sa propre enfance, emmitouflée dans l'ombre de son père, c'était aussi simple que cela, il lui avait fallu dix ans pour le comprendre.

Longtemps, l'homme à la moustache était resté à l'écart des choses, quelles qu'elles fussent. À présent, croyait-il, l'amour allait sortir de lui, il en portait des conteneurs entiers. Plus de poisson, plus de boulot, plus de famille, il ne lui restait plus que sa légèreté nouvelle, cet amour inexprimé, perdu, filtré, trop longtemps enfoui dans les bandes magnétiques. Fils d'un homme ayant tranché la langue d'une femme qui avait, elle, de l'amour à revendre, il avait ignoré quoi faire du sien, seule Alexandra avait perçu cela avant de l'oublier. L'amour faisait que les gens voyaient à travers l'autre et se complétaient. Pour en recevoir, il fallait exprimer le sien. Sans premier pas, même pour les hommes blessés, il n'y avait pas de danse. Dans la ville, ils étaient des millions à crever à petit feu comme lui, il les avait vus dans son bus, les messages sur leurs téléphones, les vibrations de toutes sortes n'y changeaient rien.

À l'instar du Christ, il n'était plus qu'amour, mais le prophète d'il y a vingt siècles, avec sa couronne d'épines sur la tête, avait réussi à toucher les gens, à répandre la bonne parole, ses mots ne s'étaient pas évanouis dans sa bouche, les individus rencontrés sous le soleil de Palestine s'en étaient souvenus, ils avaient répété ses paroles jusqu'à ce que les apôtres les prennent en note. Daniel Stein incarnait lui aussi un mystique, un mystique non pas du ciel, des déités et des temples mais de cette ville, de ses trottoirs et de la ligne 2. Un mystique de l'amour rentré, tu, invisible, un mystique sans disciples ni dieu ni congrégation, un mystique à l'enfance scellée. Son Évangile avait été rédigé, pendant toutes ces années il avait sculpté ses larmes, les tables de la Loi dormaient sur une étagère chez lui, il suffisait d'ouvrir la porte d'entrée.

*

– Le plein, monsieur ?

– Oui.

– Vous avez raison, on ne sait jamais vraiment quand on va s'arrêter. Voyez, moi, je croyais avoir fait étape ici pour quelques heures et vingt-cinq ans après, j'y suis encore. Faut toujours être prêt, faire des réserves, s'entraîner, on peut pas savoir quand le vent va tourner. Si la grande crevasse s'ouvre demain, faudra vite filer dans les terres. Dans les plaines, d'où on vient, justement ! Ah ! Ah ! Je vous remplis le réservoir jusqu'à la gueule, avec ça vous irez au moins jusqu'à Salt Lake City...

Une semaine que je lui file le train, au ressuscité, au démissionnaire, à l'expectorant, à l'évadé, et voilà qu'il quitte la ville. C'est la fin. Il a l'air de bien s'entendre avec le gros pompiste qui rit tout seul. Âgés et pleins d'eux-mêmes, ils sont de la même génération. On arrive à la fin du périple et pas une seule fois je n'ai réussi à prévoir ses gestes. Quel expert je fais... Mon compte-rendu est prêt, il ne me manque qu'une information capitale : qu'est-ce que cet imbécile va foutre dans la plus grande forêt de Californie ?

– Alors, si c'est pas indiscret de vous demander, vous allez où, monsieur, avec toute l'essence que je viens de mettre ?

– À Los Padres.

– Vous n'êtes plus très loin mais faut être plus précis que ça : la forêt fait huit cent dix mille hectares, cinquante kilomètres de long, c'est un petit continent, cette affaire.

– Plus loin, vers le centre du parc, à partir de la route 33.

– Vous êtes un marrant, vous, le centre... Eh bien, vous avez eu raison de vous lever tôt. Là-bas, le mieux serait de demander votre chemin aux pumas et aux ours. Malgré ce que les gens disent, il y en a encore un bon paquet par là.

On a repris la route. Dans le rétroviseur auréolé de lumière, le dernier fuyard du monde moderne est beau à sa manière. Sa moustache prend feu, il chante peut-être. Il fuit vers le nord, comme le mari de Barbara Stanwyck dans Assurance sur la mort. *Le patron de la compagnie pétrolière prenait le train pour Palo Alto et tombait de la dernière voiture. Aucun chef du service Contentieux d'une compagnie d'assurances n'aurait pu croire à un accident pareil. Les amants avaient pourtant d'autres moyens de lui faire passer l'arme à gauche. Il y a de quoi sombrer ici : l'océan glacial en contrebas, les requins, les incendies récurrents, les coulées de boue, les tremblements de terre... Les primes d'assurance y sont d'ailleurs parmi les plus chères du pays.*

Finalement, le fils Stein part les mains vides, il n'a même pas fermé sa porte d'entrée à clef. Moi, j'ai juste les tableurs et mes notes dans le coffre, on se ressemble de plus en plus. Peut-être aurais-je dû lui parler dès le début de cette affaire, tout aurait été plus facile en jouant cartes sur table. Pourquoi vous faites ce métier ? Allez-vous abandonner votre bus ? Vous les haïssez à ce point-là, les hiboux ? Vous savez que, n'ayant aucune qualification, vous ne retrouverez jamais de boulot ? Et dites-moi surtout : à quel fil tenez-vous encore ?

Il file, justement. Apparemment, il n'est pas au courant des limitations de vitesse hors de la ville. Mon fil à moi, c'est lui. Il y a une semaine, j'aurais juré que c'était ma famille, mes amis, mais je ne les vois plus. Il faut que ça s'arrête. À la première occasion, je vais l'aborder en lui montrant ma carte de détective privé qui n'existe pas et il acquiescera en souriant. Peut-être qu'on va se prendre dans les bras, ce sera nos retrouvailles.

À hauteur du Mugu Lagoon, la route 1 s'écarta de la côte. Il y avait à proximité une base militaire de celles où Stein aurait pu atterrir dans les années soixante. Sur sa droite, de larges champs s'étendaient. Au bout, des machines ressemblant à des insectes d'acier parcouraient les bandes de terre pour y puiser on ne savait quoi. Selon son père, la nation tirait sa force de l'agriculture bien plus que de l'armée et de ses batteries de missiles, un vrai coco, le papa, un coco qui croupissait parmi les richards dans son bungalow de luxe. Les autres, tous les autres, lui revinrent à l'esprit dans la foulée, familiers et étrangers à la fois : sa mère, Alex, Johnson le rouquin, Gomez, Luigi, le DRH. Malgré la distance, ils lui paraissaient plus intimes, la vie savait modifier la focale de ses créatures. Sans doute ne comprenaient-ils pas son évasion, ni l'effraction. Pourquoi diable Daniel avait-il braqué un hangar ? Pour se venger d'un employeur qui en avait oublié l'existence ? Lui en était certain, son héritage finirait par éclater au grand jour, la LACMTA et sa réforme par terre, l'idiot qui le suivait n'y pourrait rien.

À l'entrée de la ville de Ventura, l'Impala bifurqua sur la droite pour prendre la route 33. Bientôt, passé la municipalité d'Ojai, elle n'aurait plus qu'une voie. En face, de larges semi-remorques se succédaient à intervalles réguliers. Sans eux et leurs marchandises, tout finirait par crever. Sauf dans la forêt, peut-être, où l'on pouvait manger le vert et le boire. Le conducteur tentait de se rassurer. Qu'allait-il trouver là-bas ? La forêt acceptera-t-elle sa métamorphose ? Déjà, le visage de son vieux père ne poussait plus sous le sien. Sur le bas-côté, aucun auto-stoppeur, peut-être ne parlera-t-il jamais plus. De toute façon, ses mots n'atteignaient pas leur cible, ils s'élevaient en poussière au-dessus des phrases. Naïvement, il avait longtemps cru que les hommes et les femmes fardés s'exprimant devant les caméras, portant des habits qu'ils n'avaient pas achetés, croyaient à ce qu'ils affirmaient. Le monde appartenait à ceux qui souriaient, il l'avait compris le jour où il avait vu une vedette de la télévision entrer dans une supérette. D'autres femmes qu'elle possédaient les bottes de cuir et la robe qu'elle arborait ce jour-là, d'autres encore possédaient ce grand corps svelte et ces longs cheveux blonds, lui-même aurait peut-être été capable de lire assis à un bureau factice une sélection des nouvelles du jour, mais personne d'autre ne pouvait le faire en souriant de cette manière. À cet instant-là, en rejoignant les autres clients faisant la queue à la caisse, le visage de la présentatrice signifiait au reste du monde qu'il n'y aurait pas ce jour-là d'apocalypse d'aucune sorte, qu'aucune maladie ne viendrait les frapper, qu'aucune autre époque et lieu ne méritaient d'y vivre. Dans cette boutique aux couleurs criardes et au sol de béton gris, la dame à la démarche souple les avait littéralement sauvés en posant ses yeux bleus sur eux. Sa bouche à la denture impeccablement alignée l'avait absous, lui aussi. Quand son tour de payer arriverait, ses mots sonneraient dans l'air comme les pneus d'une voiture écrasant le gravier des villas retirées sur les collines. À l'ombre des cyprès et des pins parasols, ses mots devaient avoir la couleur éblouissante de l'or.

Il a garé son Impala sur le parking d'un vaste chalet de bord de route. Apparemment, l'Ojai Deer Lodge fondé en 1932 fait office de restaurant et de salle de concert. À l'intérieur, derrière un large comptoir de bois, une jeune fille aux cheveux longs assure en nous servant des cafés que nous ne trouverons rien d'autre ouvert au cours des soixante-dix prochains kilomètres. On n'y voit presque rien, seul un vieux piano blanc au bois jauni patiente au fond, ce doit être agréable de l'écouter à la lisière d'un monde sans musique. Nous voilà enfin tous les deux accoudés à un comptoir au bout de tout, il est là, maigre et flottant dans sa chemise, le regard vissé en face. Trois mètres nous séparent, c'est le bon moment. Sa monture, un inconnu commencerait à coup sûr par ça.

– Dites-moi, vous roulez dans un sacré bolide, elle a bien quarante ans passés, votre voiture…

– Oui, elle est de 1976.

– Elle doit coûter une fortune, non ?

– Pas à l'achat en tout cas. Il faut juste l'entretenir.

– Et l'assurance ? Il doit y avoir des polices spécifiques pour un modèle pareil…

– Pas si vous ne l'assurez pas parce que vous savez que vous n'aurez pas d'accident.

– Ah… Je n'avais pas pensé à cette option, et pourtant je suis dans les assurances. En fait, si tout le monde fait comme vous, on sera ruinés !

– Ça ne me paraît pas être une si mauvaise idée. Elle vous plaît tant que ça, la Chevrolet ?

– Oh, moi, c'est surtout les gens à l'intérieur des machines qui m'intéressent. La part humaine, pas la mécanique.

– Les hommes aussi, c'est de la mécanique. Ils obéissent à la gravité, à la pesanteur, à toutes sortes de lois. On l'oublie puis, un jour, on finit par le comprendre, croyez-moi.

– Si je suis votre raisonnement, vous seriez de la même lignée que votre Impala tandis que moi, avec ma pauvre Lexus…

– Exactement. Voyez, nous aussi, on refroidit nos organes et on fait le plein avant de reprendre la route, c'est pareil. D'ailleurs, je vais vous laisser, je ne suis pas tout à fait arrivé.

*

À sa grande surprise, dès les premiers kilomètres serpentant au creux de la vallée, les montagnes apparurent grises et poussiéreuses, immenses monticules recouverts de serpents tordus. Des arbres, il ne restait plus que ces grimaces noires sculptées sur la cendre. Plus la Chevrolet montait, plus le cauchemar prenait de l'ampleur. La jeune fille du chalet et l'abruti à lunettes n'avaient rien dit, toute la région devait être au courant, les incendies avaient dû faire la une des journaux. De temps à autre, un véhicule tout-terrain du parc national patientait sur le bas-côté. Au détour d'un virage, certaines portions du paysage s'offraient, recouvertes de poudre violette, un dieu farceur avait repeint les monticules dénudés avec un produit empêchant que le feu reprenne. Daniel avait espéré la mousse, les fougères, les feuilles de toutes sortes, les écorces, les insectes et il progressait au milieu d'un paysage d'avant-garde, dans une Californie d'après la catastrophe. Cela continuait de l'autre côté des premiers sommets, la forêt ensevelie ne cessait de s'étendre, il n'y avait plus d'automne, le temps s'était arrêté. Ça lui faisait mal mais ce paysage était d'une étrange beauté.

Stein a répondu comme si de rien n'était, comme s'il m'avait repéré depuis le premier jour. De toute façon, ça n'a plus aucune importance. Le temps de finir mon café, je lui laisse quelques minutes d'avance. La voilà, sa porte de sortie. Son père, c'était la littérature russe, paraît-il, sa mère, l'autre côté de la fenêtre de la cuisine. Une seule route traverse Los Padres, nous allons franchir ensemble cette nouvelle vallée de la Mort, lui devant, moi derrière avec cet élastique invisible qui nous relie encore. En fait, on n'a jamais quitté le roman de James M. Cain. Lui, dès la première page, face à la maison blanche du 6301 Quebec Drive à Hollywood, il avait pressenti la fin de toutes choses, il avait tout compris. « Voilà comment j'ai atterri dans cette Maison de la Mort, celle dont vous avez entendu parler dans les journaux. La première fois que je l'ai vue, elle n'avait pas l'air d'une Maison de la Mort. » Quelle simplicité, quelle prescience ! Moi, je me suis trompé sur tout. J'ai longtemps cru que Stein rempilerait, qu'il suivrait sa destinée d'employé. Comme tout le monde, j'ai voulu voir ce qui m'arrangeait. Surtout, j'ai cru à la carotte, au million. On finit tous trompés par notre part de fiction.

Plus tard, bien plus loin, au creux d'une vallée, apparut le chemin de traverse à une centaine de mètres sur le côté gauche de la route, c'était là que Daniel Stein allait fausser compagnie au reste du monde. L'Impala entra dans l'immense chaudron éteint. Autrefois, l'herbe avait dû envahir la voie et de larges branches sortir de la masse des arbres, peut-être se rejoignaient-elles même pour sceller l'ensemble. L'issue rêvée avait changé de peau mais Stein s'en moquait, il était heureux. Heureux malgré l'apocalypse. La forêt avait toujours porté en elle ce territoire de cendres. La verdeur, il la percevait parmi ces restes, dépôts et dépouilles. À force d'évoluer dans ce majestueux abandon, d'en contempler les formes pulvérisées montant au ciel, il ne fit plus la différence. Avant le feu, le vert contenait ce suaire comme les cadavres d'arbres noircis, tordus, farcis, pouilleux, en portaient les fruits à venir. Chaque adulte recelait en lui la fin du monde, lui voyait à travers les choses, à présent. Clairement. Définitivement. En grandissant, on brûlait l'univers car on brûlait l'enfant que l'on cessait d'être.

Surprise par l'instabilité du sol, la Chevrolet avançait en maugréant, son pilote essayait de ne pas penser aux gravillons éraflant le bas de caisse. Son arrivée donnait vie à la vallée. Si certains oiseaux, faucons, condors aux ailes miraculeuses peut-être, patrouillaient dans le ciel, ils verraient de loin son épaisse fumée. Et surtout, si l'individu à lunettes, l'ombre, le double, le suivait encore, son boulot n'aura jamais été si facile. Qu'il vienne, l'espion, qu'il sorte de sa planque et le rejoigne, qu'il suive la poussière. La cendre entrait partout. Sur ses habits, ses chaussures, ses doigts et ses cheveux, le gris commençait à coller, il était l'homme gris, l'homme poussière. Le poisson était mort, il fallait chanter. Vu d'en haut, Stein devait ressembler à une avalanche, il était à nouveau l'Indien, il était la montagne, il était le chauffeur sacrilège, le kidnappeur, le voleur de papiers blancs, il était ce lent et doux déluge qui allait s'écraser entre les deux immenses masses de poussière dressées.

Au bout d'une vingtaine de minutes, le chemin se fit trop étroit, le vieil Indien de la cité, le chercheur d'or coupa le contact et sortit. Pour la première fois depuis longtemps, l'étrange saveur du gaz d'échappement avait fait son apparition. Il aimait cette odeur pourpre, c'était sa petite invasion. Tout autour, le paysage vide en décuplait les forces. Dans le coffre, Stein prit un sac à dos, son fameux butin dormait là, ces documents couverts de lettres dactylographiées, de chiffres et de coups de tampon, vieux reste de bombe à retardement. Le suiveur pourrait s'en donner à cœur joie si jamais il avait le courage de s'extraire de son véhicule et d'achever leur étrange tango en ces lieux. Dans le sac, un petit bout de bande magnétique se baladait, un qu'il avait découpé au hasard sans savoir quels mots il renfermait. La clef resterait sur le contact, l'Impala était à prendre.

De tous les côtés, le squelette de la forêt s'étendait, elle l'accueillit volontiers, lui qu'aucun poisson n'asphyxiait plus, heureux enfin, lui qui n'avait noyé personne, si ce n'est le souvenir de ce qu'il avait été. La cendre s'élevait déjà dans l'air, elle ne resterait pas. Au loin dans la vallée, les frondaisons éblouies par le soleil du matin grossissaient à nouveau. En le saisissant, les millions de particules de lumière effacèrent la poussière et lui ouvrirent grand les yeux. À mesure que le promeneur progressait, un immense plaisir s'empara de lui, le monde allait ressembler à cela désormais, tout serait lumineux. Dans l'air, il crut même distinguer une vieille chanson, la barcarolle que jouait la camionnette du vendeur de glaces patrouillant dans sa ville natale, *diling ding dilong ding diling dilong*, peut-être retombait-il déjà en enfance, le chemin fuyait devant lui, il n'avait qu'à le suivre.

Le contrat liant la LACMTA à son assureur actuel arrivant à terme, la Pacific All Risk Insurance a été sollicitée dans la perspective d'assurer l'ensemble de ses chauffeurs de bus. C'est dans ce cadre que je vous adresse la conclusion de la procédure concernant le cas Daniel Stein, premier salarié choisi par l'entreprise de transports, un des plus gros employeurs de Los Angeles avec neuf mille salariés, pour expérimenter la réforme la plus importante de son histoire. Il s'agit d'une refonte de son organisation devant mettre fin à la sanctuarisation des postes en transférant, en particulier, les chauffeurs les plus anciens en équipe de nuit.

Après plusieurs jours de filature, d'entretiens et d'analyse de documents, il apparaît que Daniel

Stein a abandonné son poste et disparu. Et ce, avant même le terme de notre semaine d'observation. Selon toute vraisemblance, il a quitté son domicile mercredi 2 novembre, lieu qui ne présente aucun signe de désordre ni de départ précipité. Ni la serrure principale de la porte ni les verrous additionnels n'étaient fermés lors de notre visite. Dans l'unique chambre à coucher, une blouse ainsi qu'une paire de chaussures, trop grandes pour lui, reposaient sur le lit sans que nous puissions en tirer de conclusion.

Sur la table du salon, nous avons trouvé un enregistreur à bande relié à un microphone. Sur une étagère située à proximité, dix-sept boîtes renfermaient des bandes magnétiques. Il y a fort à parier que M. Daniel Stein s'est enregistré et que ses propos, une fois retranscrits, pourraient nous éclairer sur les raisons de son absence, en particulier ceux de la dernière bande. La maison ne contenait aucune arme à feu et son propriétaire n'était pas titulaire d'un permis. À l'extérieur, nous avons fait la constatation suivante : son véhicule, une Chevrolet Impala Custom Coupé, année 1976, était absent. Il s'agit d'un modèle très rare, d'une grande valeur, comme nous l'a indiqué le dénommé Luigi Lopez, son garagiste.

L'entretien avec Alexandra Thompson, divorcée de Daniel Stein après dix ans de mariage, apporte quelques éléments de réponse quant à l'absence soudaine du sujet. Après une décennie sans nouvelles, il lui a rendu visite le 1er novembre dernier sans s'être annoncé au préalable. Selon ses dires, il est apparu « très troublé », évoquant un « prochain départ » sans en préciser la nature. Cependant, elle n'a émis aucune hypothèse valable sur le lieu où il pourrait actuellement se trouver.

De leur côté, les collègues du sujet estiment son transfert en équipe de nuit totalement injustifié et y voient une forme de punition. En effet, au gré des entretiens, il est apparu que Daniel Stein était considéré comme un chauffeur modèle, aux états de service exemplaires. C'est d'ailleurs à ce titre qu'il travaillait sur la ligne 2, la plus « enviable » du réseau. L'intéressé lui-même ne comprenait pas sa rétrogradation et pourquoi il avait été, en sus, choisi en premier. Toutefois, il n'a pas indiqué son intention de refuser le changement d'affectation. Il était selon ses collègues « encore sous le choc bien qu'il ne le montre pas ». Tous s'accordent à dire que cette affectation constitue la seule explication possible à sa disparition. Aucun n'a, par ailleurs, confirmé les soupçons de trouble mental à son égard.

Il convient de noter que le service de la LACMTA l'ayant informé de son transfert a apporté très peu de précisions sur le déroulement de l'entretien. Or il s'agissait d'une annonce capitale. À l'évidence, l'entreprise cherche à en minimiser l'effet. Il est également difficilement concevable que celle-ci ait ignoré que Daniel Stein avait fait par le passé l'objet d'un suivi psychologique approfondi de la part de ses services. En toute hypothèse – celle de l'oubli du passif de Stein ou de sa transgression –, la gestion de son transfert en équipe de nuit est désastreuse. Enfin, tout au long de notre enquête, nous avons été confrontés à une difficulté majeure : l'absence d'appareil électronique appartenant au disparu. Sans téléphone portable, tablette, ordinateur ni présence sur les réseaux sociaux, il a été très difficile de suivre les agissements, les impressions ou déplacements du sujet.

L'ensemble de ces informations et entretiens, développés dans les annexes ci-jointes, nous permet d'apporter la conclusion suivante : la LACMTA n'est pas en mesure d'accompagner efficacement ses salariés dans cette réforme et eux ne seront pas capables d'en gérer sereinement les conséquences. En assurant la totalité des chauffeurs, notre groupe prendrait le risque de payer d'importantes primes pour les salariés ne supportant pas cette mobilité soudaine. Et ce, dans une entreprise où tous les conducteurs sont protégés par un syndicat qui peut aisément organiser un boycott de la nouvelle directive. En un mot, cette réorganisation présente un risque important pour la stabilité de l'entreprise de transport. Dans ces conditions, notre groupe n'a pas intérêt à prendre en charge des salariés destinés à devenir plus fragiles et *in fine* plus coûteux.

Concernant Daniel Stein, il n'existe pas à ce stade de preuve ni d'élément objectif suffisamment probant pour que son absence soit qualifiée de « disparition inquiétante ». Si, à l'évidence, l'intéressé a abandonné son poste et n'a pas, à ce jour, réintégré son domicile, les services de police ne l'ont pas ajouté au fichier des personnes recherchées. En l'état, nous suggérons que cette défaillance soit qualifiée de « disparition simple » dans le rapport officiel qui sera communiqué à la LACMTA. En effet, si sa famille ou ses rares proches apprenaient l'existence de notre investigation à son sujet, ils pourraient engager des poursuites à l'encontre de la Pacific All Risk Insurance en arguant du fait que notre travail a aggravé le stress provoqué par l'annonce du transfert. Dans l'attente de votre retour sur les conclusions exposées ici, veuillez recevoir l'expression de mes salutations distinguées.

Compte-rendu d'enquête de personnalité rédigé par Jonathan Harris, agent d'assurances à la Pacific All Risk Insurance, daté du 8 novembre 2017.

Table

Cet ouvrage a été composé
par Nord Compo à Villeneuve-d'Ascq
et achevé d'imprimer en France
par CPI BUSSIÈRE (18200 Saint-Amand-Montrond)
pour le compte des Éditions Stock
21, rue du Montparnasse, 75006 Paris
en décembre 2022

PAPIER À BASE DE
FIBRES CERTIFIÉES

Stock s'engage pour l'environnement en réduisant l'empreinte carbone de ses livres. Celle de cet exemplaire est de :
700 g éq. CO_2
Rendez-vous sur
www.editions-stock-durable.fr

Imprimé en France

Dépôt légal : janvier 2023
N° d'édition : 01 - N° d'impression : 2068931
61-51-4104/5